RICARDO MORALES

ESTÁ TUDO BEM, QUERIDO?

PORTO ALEGRE
2012

Preparação e revisão
Rodrigo Rosp

Capa
Humberto Nunes

Foto do autor
Carla Brum

Dados Internacionais de Catalogação na Publicação (CIP)

M828e Morales, Ricardo
Está tudo bem, querido? / Ricardo Morales. – Porto Alegre : Dublinense, 2012.
112 p. ; 21 cm.

ISBN: 978-85-62757-77-8

1. Literatura Brasileira. 2. Contos Brasileiros. I. Título.

CDD 869.937

Catalogação na fonte: Ginamara Lima Jacques Pinto (CRB 10/1204)

Av. Augusto Meyer, 163/605
Higienópolis – Porto Alegre – RS

contato@dublinense.com.br

dublinense

ESTÁ TUDO BEM, QUERIDO?

ÍNDICE

CILADA MORTAL

Cheguei em casa, tomei um banho quente, vesti o seu roupão preferido, servi uma dose generosa de uísque com quatro pedras. Esperei que aquela quantidade absurda de gelo derretesse e bebi o scotch até que não restasse nenhuma gota. Definitivamente, nós não tínhamos a mesma sorte, mas o nosso destino não poderia ser mais liso, mais plano, mais idêntico.

Ele me incomodava demais com a sua capacidade de ser tão perfeito e equilibrado. Na verdade, sabia que ele nunca tinha se divertido, sugeria ser um homem correto, de moral impecável, mas um tanto de perversão reprimida, vez por outra, vazava em seus gestos, palavras, olhares.

O cara era um problemão. Nunca me deixava em paz, achava que era responsável por mim, vivia me regulando, querendo me fazer andar na linha. Interferia até nos livros que queria ler, implicava com filmes que gostava e não aprovava as músicas que eu ouvia.

Não, não o enxergava como um parente, talvez o visse como uma espécie de modelo que jamais imitaria. O certo é que vivia controlando meus horários, minha barba, meu cabelo e com quem eu saía.

O sujeito não me deixava alternativa, pois pretendia que cumprisse seus prazos, obedecesse suas normas, acompanhasse suas manias. Fazia questão de que eu trabalhasse de terno, com gravatas novas, sapatos reluzindo; um sacrifício menor, que quase não me aborrecia, não fosse pelo prazer que era evidente em seu rosto cada vez que me via sujar o colarinho das camisas. De qualquer forma, não aguentava mais a sua vigilância contida, mas às vezes eficiente.

Por um longo tempo, lutei contra as suas regras absurdas. Não respeitava os horários que estabelecia, faltava aos nossos compromissos, ia dormir pouco antes do sol raiar, levantava tarde, comia mal e tomava toda a bebida de teor alcoólico elevado que conhecia. Contudo, ele não dizia nada, mantinha-se impassível, conservando uma frieza e um silêncio perturbadores. Eu esperava que reclamasse, tentasse me punir, pedisse briga, pois desejaria socar-lhe as faces. Não ouvia, porém, uma palavra sequer de reprovação.

Mesmo não aceitando, ainda que pudesse representar uma violência, um autoflagelo, sabia que precisava de medida mais drástica para que ele perdesse a sua segurança e, somente por isso, comecei com as drogas leves.

Ele não gostava que fumasse, pois era do tipo esportivo, adepto de comidas naturais, quase antissépticas, e de longas caminhadas e, como sempre, queria que eu gostasse disso também. Tornei-me, então, um fumante inveterado, mas o esforço foi inócuo. Ele não se incomodou.

Eu me indagava quem era esse cara, como poderia classificá-lo e o que ele pretendia. No entanto, não cheguei a uma conclusão satisfatória e continuei tentando fazer com que percebesse que não tínhamos nada a ver um com o outro, que não concordava com o seu modo de ser, que não tinha apreço por um sujeito como ele. Por isso, experimentei misturas nocivas, pensando que o faria perder o controle, mas ele era mais esperto do que eu havia imaginado.

Durante um período, achei que jamais me livraria daquela opressão, de sua permanente quase velada autoridade pérfida e despótica semelhante à relação entre dois amantes, madrasta e enteado, pai e filho bastardo.

Então, quando percebi, a decisão já estava madura e havia sido tomada há muito tempo. Eu acabaria com esse idiota, mesmo que isso custasse a minha própria vida. Adeus, seu imbecil, filho da puta de cara amarrada; para o inferno com as suas unhas bem cortadas e sua falsa cordialidade inglesa.

Durante algumas semanas, passei a estudar os seus passos, suas imperceptíveis falhas e seus descuidos. Eu não queria que ele desconfiasse e continuei agindo como sempre, demonstrando a incontida obstinação às suas posições. Em pouco tempo, sabia como fazer para matá-lo sem que fosse acusado de qualquer crime. Era certo que eu seria o suspeito número um, mas quem poderia apontar o assassino? Ninguém, exceto eu.

Ele era metódico e esse era o ponto a ser explorado. Ao chegar em casa, tomava banho, colocava pijama, roupão e bebia uma dose generosa de uísque com algumas pedras de gelo acompanhada de um prato com petiscos, saboreados em frente à televisão. Depois desse ritual, ele se recolhia – e era nesse período que eu ficava à vontade. Eram minhas melhores horas. Foi nesse horário que pude preparar a armadilha para o meu algoz.

Havia encontrado um veneno poderoso para ratos. Incolor, inodoro, insípido, hidrossolúvel e, por tudo isso, perfeito. Como em um conto de Roberto Arlt, preparei a cilada mortal, dissolvendo o líquido peçonhento em uma quantidade suficiente de água acondicionada em fôrmas de gelo.

Toda noite, pacientemente, esperava que o homem tomasse seu uísque temperado com as pedras fatais para livrar-me de seus estúpidos cuidados, mas ele sabia do plano ardiloso ou tinha um sexto sentido superdesenvolvido, pois não usava o gelo que eu havia preparado. O tempo passava, e Ricardo Morales parecia ser um homem de muita sorte.

PEQUENOS PRAZERES

Saiu arrastando os pés até o banheiro, levantou a tampa da privada, fez pontaria e mandou embora a cerveja. Lavou as mãos, umedeceu os cabelos, passou o pente de leve, escovou os dentes e achou que seu rosto continuava o mesmo; as rugas, a barba cultivada no fim de semana e a pele ruim. Sentia uma indisposição mal definida, uma espécie de inquietação.

Ao entrar na cozinha, encontrou a esposa com uma expressão preocupada, preparando o café da manhã. Aproximou-se e deu-lhe um daqueles beijos rápidos e protocolares trocados por casais de longos anos.

"Hoje eu vou querer um pingado, amor. Só um pouquinho de leite."

"Todos os dias tu diz isso, Morales."

"Ah, é?"

"Pão ou bolachas recheadas?"

"Bolachas. Só duas, preciso emagrecer. Tô me sentindo enorme."

"Escuta, Morales. O que foi que houve ontem?"

Morales desgrudou os lados da bolacha, deixando à mostra o recheio de baunilha colado em uma das extremidades. Gostava de raspar os dentes ali. Para ele, era um modesto deleite pago com um punhado de moedas o pacote.

"Sobre o quê, afinal?"

"É que a Flavinha disse umas coisas..."

Marisa e ele tinham acabado de vender o carro. A prestação da casa já ia bem atrasada; o banco ameaçava leiloar o imóvel e Morales sabia que a situação não melhoraria dali para frente. Não se cansava de dizer que gente como eles apenas tinham o direito de desfrutar de pequenos prazeres, de breves momentos que custavam quase nada, como a farinha da bolacha dissolvendo-se na língua. Dizia que não resultavam em nada o esforço e a preocupação do casal, as circunstâncias estavam postas e, naquela altura da vida, sem grandes perspectivas de alteração. O carro já não existia, precisava procurar emprego pulando de ônibus em ônibus; de qualquer modo, falava estar resignado, pois lhe restavam, ao menos, os pacotes de bolachas.

"A Flavinha, é?"

"Ela tem só onze anos, Morales."

Ele traçou outra bolachinha e foi preparando a seguinte para ser devorada, descartando o projeto de regime alimentar, enquanto lembrava dos longos cabelos anelados de Flavinha, do cândido aroma de sua pele, das bochechas rosadas, das pernas finas e dos olhos, desde sempre, perscrutadores e provocativos.

"E o que foi agora?"

A mulher sentou-se e levou alguns instantes para encará-lo. Ele sabia que mais uma vez não tinha acordado no horário e a segunda-feira estaria perdida e, talvez, a semana toda. Foi por essa razão que tentou se explicar. Disse que daria um jeito de passar na ferragem do Silvino.

"Sempre aparece alguém precisando de uma pintura, de um conserto em algum cano. No fim do dia, é certo, trago uns trocados."

Entretanto, Marisa contou que havia recebido um telefonema da irmã, logo cedo, e que Margarete alertara que Luís estava uma fera, que queria ir até a delegacia, mas que a mãe não havia permitido.

"Parece que ligaram pro doutor Santos. Eles querem resolver em família, Morales."

"O que é, hein? Não tô entendendo nada."

"Eu preciso saber por quê."

Aquela conversa fez a irritação serpentear em sua corrente sanguínea, fluindo pelo seu corpo. Um calor instantâneo apoderou-se de seu rosto, os dentes cerraram, avivando a dorzinha de cabeça matinal, e a pálpebra de seu olho direito sofreu breves espasmos.

"Eu também; tu sabe, quando eu bebo, não lembro."

Ele ergueu a xícara e tomou um gole de café misturado com um pouco de leite. O líquido marrom-escuro correu quente, fazendo arder a sua garganta. Ele tinha certeza de que ficara parte da noite no lado de fora da casa, conversando com o cunhado e um outro sujeito que aparecera por lá. Tinha tentado controlar-se no começo, mas rendeu-se e tomou algumas doses de uísque acompanhadas dos petiscos servidos pela cunhada.

"O problema é comigo, Morales?"

Ele congelou o olhar na toalha de um branco puído, onde beija-flores sem cor alçavam voo. Morales queria ser como um deles, bater as asas em fúria para manter-se vivo, ir para um outro lugar e sorver o suco reservado aos deuses. Porém, suspirou e perguntou o que tinha acontecido.

Marisa, sem receio, disse que ele tinha tomado quase toda a garrafa de uísque sozinho, que insistiu em mostrar para o vizinho da irmã que misturar cerveja e outra bebida não lhe fazia mal. Cada vez que entrava na casa, ia ao banheiro, passava pela cozinha e pegava um copo de cerveja.

"Lá pelas tantas, Morales, tu sumiu e o Luís te achou deitado na grama da frente."

"Disso eu não lembro, não."

"É porque tu não sabe beber, Morales, e aí faz merda."

"Tá, mas e a Flavinha?"

Eles não tinham filhos. Tratavam a sobrinha como se fossem os pais da criança. Morales tinha um amor especial por ela. A menina, desde tenra idade tida como geniosa, sempre irascível com os pais e doce com seus padrinhos. Não era por acaso que Marisa pensava nela como uma espécie de filha com açúcar.

"Eu sei que as coisas estão difíceis, mas..."

"Porra, mas o que é agora? Eu jamais faria qualquer coisa pra magoar a Flavinha. Eu adoro aquela menina."

Marisa levantou-se, abriu a torneira e colocou a sua xícara debaixo do jato d'água.

"Eles estão vindo pra cá."

"Parece que todo mundo está contra mim."

"Tu sabe o que aconteceu, não é?"

"Tá surda? Já disse que não sei. Era só o que faltava tu achar que sou mentiroso."

O pacote de biscoitos já estava quase vazio. Morales tinha visto algumas moedas na gaveta do criado-mudo. Na certa, não passavam de míseros cinquenta centavos e ele teria que arranjar o resto para comprar mais bolachas recheadas.

"É que a Flavinha não mente, Morales."

"Sei que não houve nada disso que estão dizendo."

"Daqui a pouco, eles estão chegando."

Morales examinava o fundo da xícara, remexendo no pacote vazio, sem perceber que nada mais encontraria ali.

"Ela vem?"

"Quem sabe tu vai comprar umas bolachas, Morales. Deixa que eu converso com a Margarete e com o Luís."

Morales colocou a primeira roupa que pôde encontrar, despediu-se rapidamente da mulher enquanto ela lhe dava um dinheiro e fechou a porta de casa atrás de si. Antes que pudesse se afastar o suficiente, ouviu as xícaras sendo atiradas no chão da cozinha.

CIGARROS, BALAS E ALICE

Frederico queimava duas carteiras de cigarro por dia. Tinha nicotina impregnada na pele. Os amigos reclamavam do cheiro, da cor de seus dentes, do seu aspecto, mas ele, embora concordasse que aquilo lhe fizesse mal, continuava fumando.

Mesmo assim, Fred conseguiu uma namorada. Ela era médica-residente, corria de um plantão para outro, atendia em postos de saúde e consultórios da periferia, mas, sempre que podia, incomodava o cara para que ele abandonasse o vício.

Um dia, deu-lhe o ultimato: ou largava o cigarro, ou procurava outra. Para surpresa de todos, o tabaco foi deixado de lado. A angústia, que antes era afastada com baforadas, estava acesa. Por isso, tentou vencê-la comendo doces, pastilhas e balas e tomando refrigerante. Logo, engordou e as roupas ficaram apertadas, com as calças justas nas pernas, estrangulando a barriga já flácida.

Pois foi uma dessas balas que ele deixou em cima da mesa. O Fred sempre aparecia no meu trabalho. Ia ao centro da cidade, até o banco e pronto. Chegava, sentava na minha frente, conversava um pouco e ia embora. Naquele dia, ofereceu a tal balinha.

"Ô, Morales, sabe o que eu queria fazer agora?"

"Fumar um cigarro?"

"Bingo! É isso aí. Uma tragada bem forte, pra arder os olhos e a garganta."

"É só comprar uma carteira e, como diz o ditado: matar quem está te matando."

"Não dá. Não posso perder a Tânia. Ela disse que..."

"Tô sabendo, mas amanhã ela vai dizer que tu não pode beber com os amigos, que não pode ir ao futebol e ainda vai regular os teus horários."

"Mas fumar faz mal... Ela tem razão..."

"Talvez..."

"Disso eu não morro. Tu quer uma balinha?"

"O quê?"

"Uma bala. Tipo dropes. Esta aqui."

Fred largou a bala ao lado do grampeador. Conversou mais um pouco e se foi.

Consumi o resto da manhã revisando documentos e decidi almoçar em casa. Coloquei o que precisava para a reunião da tarde dentro da pasta e me preparei para sair quando vi a bala. Parecia uma pedrinha laranja com a forma arredondada, a circunferência do tamanho de uma moeda de cinco centavos. O papel branco acetinado envolvia a superfície adocicada. Guardei-a no bolso interno do paletó e esqueci de sua existência.

Cheguei em casa para uma refeição rápida. Mesmo assim, almocei tranquilo e pensei em refazer a barba. Dar um retoque, uma escanhoada com capricho melhoraria a apresentação. Tranquei a porta do banheiro para não ser interrompido. Apliquei-me no serviço e, no fim, o resultado pareceu satisfatório. Secava o rosto observando o espelho quando alguém começou a bater na porta. As pancadas eram desesperadas. Ouvi os pedidos de socorro antes mesmo de ver o que se passava do outro lado. Luíza carregava nossa filha no colo. Percebi que alguma coisa não estava certa. Ela gritava, mas não articulava frases. Saímos para a sala os três. Fitei a criança e não senti qualquer ação em seu corpo. Pedi calma e perguntei o que havia acontecido.

"Ela está morrendo! Não está respirando!"

"O que houve?"

"Não respira! Por favor, faz alguma coisa!"

"Mas o que foi?"

"A bala!"

"Como é?"

"A bala que tu trouxe. Ela pegou!"

Em um segundo, compreendi o que acontecia. Tentei manter a calma. Olhei para a minha filha. Precisava raciocinar. Tomei-a nos braços. Parecia uma boneca enorme, pesada. Os olhos semicerrados lacrimejavam. Percebi que fazia força para respirar. O mais rápido que pude, segurei os tornozelos da criança e, de ponta-cabeça, sacudi um pouco, mas não houve efeito. Mirei o seu rosto cada vez mais arroxeado. O tempo andava ligeiro. Não sabia o que fazer. Decidi dar-lhe umas pancadas nas costas. Acomodei seu corpo mole sobre meu joelho e desferi uns três ou quatro tapas nos pulmões. Não surtiram qualquer resultado. Pelos meus cálculos, já se passavam uns três minutos daquela agonia. Parei para pensar. O que fazer?

"O diafragma. Tenho que pressionar o diafragma", falei em voz alta.

Fechei a mão esquerda. Virei-a para cima, colocando a parte de baixo do pulso na boca do estômago. Posicionei a criança de bruços, todo o peso do corpinho no punho. Tranquei as pernas dela entre os meus joelhos e mandei outras três pancadas no meio de suas costas. A primeira foi média. O segundo golpe, mais forte. A última batida foi a mais aflita. Com o derradeiro tapa, veio o vômito. Uma bola de saliva caiu no chão da sala. Sentei a criança e a examinei por uma fração de segundo, o maior desalento de toda a vida. Não havia mais o que fazer; maldita bala. Olhei para o meu relógio, o ponteiro dos segundos voava. O rosto continuava igual, os olhos falavam algo. Creio que pediam perdão. Por que apanhava? O corpo mais inerte. A uma quadra e meia de nosso prédio, havia uma estação do Corpo de Bombeiros. Tinha certeza de que eles saberiam o que fazer. Desci o edifício pelas escadas, pulando os lances até alcançar a avenida. A criança sobre meu ombro; os meus braços latejando com o seu peso. O tempo passava rápido, andando bem mais ligeiro do que as minhas pernas.

O BINÓCULO

"Olívia". Chamei. "Vem logo. Vê se não acende a luz".

Aquilo tinha começado há uns quatro ou cinco meses. Acho que eram novos no condomínio; antes não havia percebido nada no bloco cinco. Na verdade, foi lá por agosto que notei o que ocorria.

Nós morávamos no quinto andar do onze, ao lado do prédio deles. Da janela do quarto, que fazia frente para o norte, dava para ter ampla visão do conjunto residencial. Eu colocava uma cadeira junto à janela, enquanto Olívia ficava assistindo a uma daquelas novelas sem fim ou a um filme na televisão a cabo.

Passava um pouco do horário habitual, a semana ia pelo meio, quando pensei ter visto uma movimentação lá embaixo. Sabia, pela frequência deles, que talvez acontecesse algo. Me distraí um instante e, quando olhei de novo, a luz estava acesa.

Apoiei os cotovelos no parapeito, ajustei o foco do binóculo, ouvi o arrastar dos chinelos da Olívia e mantive o cigarro no canto da boca.

Na primeira vez, aconteceu por acaso. Chovia bastante, era bem tarde e minha mulher estava dormindo. Perdi o sono e fiquei olhando a água que corria pelas calhas e se acumulava no passeio do jardim. Na rua, não se ouvia nenhum ruído; não havia carros e a noite estava escura. Foi quando eles abriram as persianas e acenderam as luzes.

Olívia acocorou-se perto da janela, sem deixar o corpo aparecer, só com a cabeça à mostra. Puxou a cortina e comentou o figurino novo. O cara vestia uma camiseta de física verde-musgo, com desenhos de folhas e sombras, como uma farda de camuflagem, e cueca ou calção preto. A mulher usava um espartilho escuro, meias do tipo arrastão e sapatos de salto alto. Os trajes, em geral, não variavam muito, nem os adereços. Às vezes, chicote, outras, luvas e, uma vez, um cassetete de borracha.

"Saí daí, Morales, senão vão te ver."

"Por que, Negrinha? Até parece que eles não sabem da gente."

Olívia vivia cheia de pequenas preocupações e essa era mais uma. O caso é que a vergonha de ser flagrada espionando era menor do que a vontade de ver. Uma vez, ela disse que estava gostando e preferi ficar quieto, pois sabia que nem tinha pensado direito no que acabara de falar.

"Olha lá, como é que pode? Como é que ele faz aquele negócio?"

"Fazendo, ora. Ela gosta, vai por mim."

Olívia estava em pé, continuava observando, agarrada à cortina para encobrir o corpo.

"Morales, que pouca vergonha. Amanhã tu tem que tomar providências."

"Safados... É, meu bem. Vou no síndico-geral."

Eu tinha tentado resolver o assunto sem levar até a administração. Uma tarde, saí mais cedo do trabalho e, antes de ir para o meu edifício, passei no bloco cinco, subi até o andar deles. Fiquei um tempo parado pensando no que dizer; eu não sabia por onde começar. Então, desisti e fui para casa.

"Alguém tem que dar um basta nisso, querido. Me dá isso aí."

Fiz que sim com a cabeça e passei o binóculo que havia comprado pela internet por duzentos dólares. Tinha sido meio caro, mas o alcance era um espetáculo. Da nossa janela, dava para enxergar a vizinha, uma visão tridimensional.

"Tá no foco?"

"Ahã. Nossa mãe, tá sorrindo. Ela tá sorrindo, que loucura."

"Me devolve, vai."

"Peraí, só mais um pouquinho. Opa! O cara apagou a luz."

A coisa toda durava uns vinte minutos; depois, eles ficavam no escuro e baixavam a persiana. Naquela noite, não foi diferente. Em pouco tempo, o quarto escureceu, a janela foi fechada e Olívia disse que ia se deitar.

"Eu tô com fome, Negrinha. Vou comer um pouco de cereal com leite."

"Tu não faz outra coisa senão comer. Tuas roupas estão apertadas de novo."

"Não enche, Olívia. Te olha no espelho, querida."

Fui para a cozinha, servi um pouco do cereal açucarado no copo, abri a caixinha de leite e despejei o líquido. Eu gostava de ir tomando aos poucos. Sentei à mesa e fiquei brincando com os flocos que boiavam. Empurrava uma porção para o fundo com a colher, mas eles voltavam à tona. Resolvi fazer um sanduíche caprichado. Coloquei as fatias sobre a mesa, untei os lados do pão com bastante manteiga e joguei o queijo e o presunto. Comi sem pressa e fui para o quarto. Encontrei a luz do abajur acesa e Olívia roncando. Desliguei a lâmpada, escorreguei para baixo do lençol e encostei a perna no seu corpo quente. Ela se remexeu, grunhiu e virou-se para o lado. Fiquei um tempo olhando para o teto e me lembrei do copo dentro da pia e dos farelos sobre a mesa. Levantei e fui fazer uma limpeza geral. O açúcar do cereal e os restos do sanduíche eram uma ótima refeição para as baratas. Arrumei tudo bem rápido e retornei para o quarto, abri a janela e dei uma espiada. O céu estava limpo, na rua soprava um vento frio e, no prédio ao lado, continuava tudo escuro.

"Miseráveis, eles têm que parar com essa merda", eu disse em voz baixa, enquanto Olívia ressonava.

ADOÇANTE

Há duas xícaras sobre a toalha quadriculada. A geleia de figo, os frios e o mamão, que Júlia não dispensa, também esperam. Todos os dias, sou eu quem prepara a mesa. Gosto de sentir o cheiro do café se misturando ao leite quente, da manteiga derretendo no pão aquecido no forno. Mas, nesta manhã, sinto um grande cansaço e um pouco de dor de cabeça. Adormeci só por alguns minutos e esperei o dia amanhecer. Júlia continua no quarto e eu não consigo ouvir se ela levantou ou não.

O mal-estar começou na noite de ontem. Minha mulher tinha ido assistir à novela na casa da vizinha. Elas faziam isso quase sempre. Ou era Júlia quem ia ou Míriam quem aparecia. Ficavam grudadas à tela em silêncio e, nos comerciais, pegavam algo na cozinha, iam ao banheiro ou fofocavam sobre a vida dos personagens. Às vezes, eu via também, mas não conseguia entender a história, não me empolgava com os dramas. Em geral, lia alguma coisa ou escutava um pouco de música no quarto, enquanto as duas ficavam com a tevê.

Ontem, esperei Júlia sair, quebrei a rotina e fui navegar na internet. Dei uma olhada nos meus e-mails, conferi o saldo no banco e procurei as notícias recentes. Percebi o computador lento demais; demorava para ir de um site a outro. Eu não era um expert, mas desconfiava ser um problema de memória ou até um vírus. Resolvi jogar uns arquivos fora e passei a vasculhar os temporários e todo o material inútil.

Comecei por uma pasta com arquivos externos armazenados. A parte contendo o histórico de mensagens instantâneas estava lotada. Júlia passava bastante tempo no computador e dizia conversar com as amigas sem o telefone; nós estávamos poupando para comprar o seu carro.

Notei que podia ler todo o conteúdo gravado. Não devia fazer aquilo, mas não pude resistir ao impulso, à curiosidade. Olhei os nomes dos contatos e quase não reconheci nenhum. Decidi começar pelos arquivos mais recentes e maiores.

O nome do contato era pedrinhocomcam. Assim mesmo, tudo junto, sem espaço e em minúsculas. Li toda a conversa, tinha durado quase duas horas. Júlia havia teclado com o tal pedrinhocomcam naquela tarde. O início do diálogo não era nada de mais. "Oi", "Como vai?", "Está quente aí?" e outras informações corriqueiras. Pelo que entendi, o cara era de outra cidade. Ela perguntou para o sujeito se estava atrapalhando e ele respondeu: "Amor, você nunca me atrapalha". Achei não ter lido direito, reli mais duas vezes e senti um calor no rosto, as pálpebras ardendo e as minhas orelhas em chamas. Na hora, pensei: "Como assim? Amor?"

A vontade de ler até o fim aumentou junto com o receio de me arrepender. Eu, mais ou menos, intuí o que ia encontrar, sabia de histórias desse tipo, mas jamais imaginei que pudesse acontecer comigo.

Alimentado pela curiosidade e correndo todos os riscos, continuei. Júlia havia solicitado a exibição de imagem. Eu não usava esse programa, no banco era proibido, e, quando chegava em casa, não queria nem saber de computador.

O tal pedrinhocomcam havia aceitado o convite de abrir a câmera e, logo em seguida, pediu a mesma coisa, e os dois, naquela altura, já se enxergavam, pois o cara mandou de lá um: "Oi, linda", com três pontos de exclamação. "Meu marido vai passar aqui pra me pegar, vamos ao shopping", escreveu Júlia. O diálogo seguiu meio sem graça até pedrinhocomcam não se conter e perguntar: "Posso te ver de pé?".

Agora era demais. O que esse cara queria? Não podia parar a leitura ali. Dei uma conferida no relógio. Ainda faltava um bom tempo para terminar o capítulo da novela. Além disso, Júlia nunca vinha em seguida, sempre ficava falando um pouco mais.

Voltei para a conversinha e achei Júlia tentando se livrar do camarada, pois perguntou se eles podiam "tc" outro dia.

Porém, a continuação foi me deixando mais preocupado. O amigo virtual veio e disse: "Camisa folgada. Esconde seu corpo. Bunda bonita, você é muito gostosa, sabia?"

Na hora, balancei entre dar um soco na tela ou segurar firme e ir adiante.

Como Júlia se deixou cair na lábia desse malandro? Se eu pego um cara desses, arrebento. Até estou imaginando a Júlia afastando a cadeira, ajeitando a câmera e rodopiando, desfilando na frente do computador. Eu já não conseguia entender tudo aquilo. A minha mulher não é nenhuma sonsa. O que ela estava pensando? Corri a tela mais para baixo, queria ver onde ia acabar essa brincadeira. Júlia dizia que o marido estava para chegar e precisava sair.

"Pena, tava gostando de tc contigo, meu amor", tudo escrito em verde pelo pedrinhocomcam para me ajudar a não perder uma só fala dos dois.

Achei que a história ia ficar por ali, mas tinha mais um tanto de diálogo. Fui acelerando um pouco, lendo um pedaço aqui e outro mais para baixo, pulando partes, procurando alguma coisa mais comprometedora. Não me interessavam mais as conversas frias, os papos sem graça. Falaram mais uns vinte minutos, segundo marcava o texto no lado direito da tela, e, quando ia chegando para o fim, o malandro veio outra vez e engatou o pedido.

"Antes de ir embora, posso pedir algo?"

Júlia respondeu como se não imaginasse o que poderia vir pela frente. Ela já conhecia o sujeito, em toda a conversa existiam indicativos de trocas de outras mensagens, somente fazia o tipo difícil.

"Queria te ver sem a blusa."

"Tá louco?", ela respondeu firme e eu saudei, torci para que tivesse mandado ele bem longe e bloqueasse o cara no programa. Sim, eu descobri depois, dá para fazer isso. Trancar o sujeito, não deixar que ele veja quando se está conectado, não aceitar as suas mensagens. Mas eu torcia como quem assiste a uma reprise de um jogo qualquer e sabe o resultado.

"Não", ele respondeu, "você é bonita, chamou a minha atenção."

E aí, nesse momento, hasteei a bandeira do ciúme e da vergonha, me senti muito mal, ridículo mesmo.

"O que você tá querendo?", disse a minha mulher.

O pedrinhocomcam era muito esperto e não se precipitou, antes de dar o xeque-mate, ainda se fez de preocupado e perguntou se a Júlia tinha ficado chateada com o seu pedido.

"Não, é que não tenho seios grandes."

Agora a raiva me levava adiante na leitura. Ora, não interessa o tamanho dos seios, não vinha ao caso, ela poderia ser uma Pamela Anderson, não faria diferença, mas Júlia não pensava em nada.

"Deixa ver, posso dizer se você precisa de silicone ou não."

"Ué? Virou cirurgião?"

"Não, mas gosto muito e posso garantir uma boa crítica."

"Vou sair, não vai dar."

"Mostra, vai."

"..."

"Você é uma mulher bonita, eles não são grandes, mas são lindos, gostei mesmo."

"Safado, tenho que sair."

"Um beijo na boca, então."

"Beijo, tchau."

Fiquei perplexo, como Júlia podia fazer uma coisa dessas? Quantas vezes havia chegado do trabalho, deixado a pasta em cima da mesa e recebido um beijo de boas-vindas, enquanto os dedos dela estavam gastos de tanto teclar com pedrinhocomcam ou os outros todos que nem tive coragem de conferir?

Logo minha mulher estaria de volta, iria me convidar para jantar e conversar um pouco. Eu me achava traído, mas não podia me precipitar. Talvez tudo não passasse de uma conversa de computador, com alguém de um lugar inacessível, bem distante mesmo.

Júlia sempre contava sobre o bate-papo com as amigas, da troca de notícias com uma antiga colega ou com a prima ou com não sei mais quem, mas essa história de homem, de sacanagem, eu nunca poderia imaginar.

E o que estariam pensando os amiguinhos da minha mulher? Decerto me achavam um frouxo. Talvez devesse dar fim àquela máquina diabólica, maldito computador.

Minha mulher retornou e consegui segurar, não lhe disse uma palavra e Júlia nem desconfiou. Eu olhava para ela e enxergava os diálogos picantes, a omissão da verdade e ouvia como havia sido o capítulo da novela daquele dia.

Desligo o fogo, coloco um pouco de café na xícara e despejo o leite fervente. Júlia acabou de entrar na cozinha. Aproxima-se, me dá um beijo de bom-dia e se senta à minha frente.

"Dormiu bem?", pergunto.

"Sim, amor", responde.

Sirvo o seu café e inclino a leiteira para encher a sua xícara. O vapor do leite borbulhante atinge a alça e faz arder os dedos da minha mão.

Ela prova e diz: "Ai, tá ruim, tu esqueceu do adoçante". Apanho o frasco e começo a pingar as seis gotas. Eu digo para mim mesmo que está tudo certo, que não há nada de mais, é só manter a calma.

TERMINAL TIETÊ

Entramos. Parecia uma múmia, todo enrolado em um lençol; uma enorme trouxa branca. Fernanda pediu para ver o rosto. Comecei a retirar o tecido; quanto mais mexia, mais pano vinha. Não desisti. Meu pai não iria a lugar algum até que eu o encarasse outra vez. De repente, surgiu. O esparadrapo segurava o maxilar e um pedaço de fita mantinha as pálpebras cerradas. Os cabelos grisalhos e em cuidadoso desalinho continuavam ali. A barba, de pequenos tocos, começava a renascer. Encostei os dedos na sua testa, toquei-lhe as bochechas; sempre fiz isso nos mortos em que pude colocar a mão. A expressão era tranquila, não senti nenhum calor. Era verdade, ele estava morto.

A mulher se aproximou, fez um carinho no rosto frio e o cenho marcado pela rima triste denunciou o tamanho do sofrimento. Minha irmã não quis chegar perto, e entendi que era hora de ajeitar as pontas daquela mortalha para ir embora.

Na mesa, reconheci o livro do Carver presenteado para que se distraísse durante a internação. Ray era um grande escritor de poucos leitores. Eu tinha conseguido três exemplares idênticos para dar aos amigos especiais. Era uma edição esgotada, e achei que seria uma boa ideia fazê-lo pensar em outras coisas que não remédios, médicos e hospital.

Lembro como se estivesse olhando para o criado-mudo. O marcador de páginas no início, talvez no segundo ou no terceiro conto, era um sinal de que havia tido tempo de provar o estilo do autor, nada mais.

Fernanda e minha irmã trataram de recolher os pertences espalhados pelo quarto. Ajudei no que pude, mas me esqueci do Carver.

O velório até que foi concorrido. Pessoas de outras cidades vieram se despedir; eu não sabia que tanta gente o admirava. Perto das oito da noite, um empregado do crematório veio falar comigo. Era hora de encerrar a cerimônia e encomendar o corpo.

Alguém pediu a palavra, e todos ficaram calados, enquanto ele o enaltecia, destacava a sua capacidade intelectual, a sua facilidade em cativar pessoas, a absoluta inexistência de inimigos.

A cada frase proferida pelo homem, sentia um estranhamento. Não estava triste pela morte, sabia que a doença o havia feito sofrer, e começava com aquele conhecido exercício de perda e aceitação. Eu nunca mais poderia falar com meu pai, não poderia ouvir o seu conselho ou compartilhar de seu silêncio inteligente. Com o passar dos anos, seria uma saudosa lembrança. Mas o tempo é mercúrio-cromo e, nesse caso, só faria ajudar. Mantive o rosto sereno, não molhei os olhos, mas chorava por dentro. Sentia as lágrimas de fogo descendo pela garganta, queimando tudo até chegar ao meu estômago.

Logo após o discurso de voz embargada, os funcionários acionaram um mecanismo que fez o caixão movimentar-se. Aos poucos, ao som de *Gracias a la vida*, com Mercedes Sosa, o esquife foi recuando até um compartimento no fim da esteira. A porta fechou-se, a música encerrou, e as pessoas choraram.

Naquele dia, nenhum padre esteve ali, pois meu pai costumava dizer que Deus não existia, que a vida era uma só. Ele sabia todas as orações e tinha certo conhecimento sobre a Bíblia, porém afirmava que a morte era o fim de tudo, ainda que, nos seus últimos, dias tivesse recebido visitas que iam rezar com ele. "Só ficam as dívidas", era o que falava, com um sorriso de dentes amarelos, tingidos pela nicotina.

Dois anos haviam transcorrido, e eu caminhava pelo centro de São Paulo. Viajara para um monte de cidades, mas era a primeira vez na capital paulista. Tinha ido visitar um amigo e, lá pelas tantas, resolvi sair para andar, conhecer as ruas, sentir o gás carbônico, registrar a sujeira e a fuligem grudada nos prédios antigos. Sempre fui um sujeito urbano, amante do asfalto, do concreto, das luzes de néon e de mercúrio. E São Paulo, nesse aspecto, não me decepcionou. As pessoas haviam me alertado sobre o mau tempo, a cor cinzenta, o ar espesso, enfim, o clima pesado. Vaguei deixando que o instinto guiasse os meus pés, sem preocupação para onde estava indo, se iria me perder e a que horas retornaria para o hotel.

Andei até sentir dores nas costas e alguma fome. Perguntei aqui e ali e consegui encontrar o Mercado Municipal e um bacalhau com muito azeite de oliva acompanhado por meia jarra de vinho branco. Quando levantei da mesa, sabia que era hora de retornar, mas só de pensar no trajeto descobri que estava exausto. Procurei um ponto de táxi e não enxerguei nenhum, até que vi uma placa do metrô. Claro, como bom provinciano, havia me esquecido dessa alternativa. Fui tateando as ruas até encontrar uma estação. Comprei o passe, venci a roleta e logo sacolejava dentro do vagão.

Como ainda iria ficar um tempo na cidade, decidi traçar um plano para o dia seguinte. Na saída, compraria mais bilhetes e não passaria por filas. A cada vez, pegaria um destino diferente, aleatório, e depois retornaria. Era um jeito divertido e barato de passear e ter contato com a cidade.

Saltei no Terminal Tietê em meio à multidão, andava calmamente desfrutando de cada rosto, cada placa informativa, cada recado do sistema de som. Parei no guichê de passagens numa pequena fila e pensei que era um bom sinal, pois, na outra estação, embora menor, havia muita gente.

Recordo o que aconteceu como se assistisse a um filme mudo em preto e branco ou como um sonho em câmera lenta. Tudo começou quando fiz o pedido ao atendente e levei a mão ao bolso da calça para buscar o dinheiro. Naquele momento, não sei como, enxerguei pelo canto do olho, no aglomerado de pessoas que se movimentavam pelo corredor, um homem que caminhava devagar. Os cabelos, a calça de brim, aquele passo lento, a camisa listrada sob o suspensório; o jeito, o perfil, sim, era ele. Vacilei por um segundo ou mais para vencer o medo do ridículo e chamei: "Pai!". Ele não se voltou, já ia a uma distância considerável. Minha voz tinha saído sem potência, talvez traída pela emoção. Enchi os pulmões e gritei, mas não adiantou.

No entroncamento dos enormes corredores do metrô, cercado pela turba de transeuntes, foi que vi, claramente, quando ele levantou o braço para me acenar e, na sua mão, enxerguei que carregava o mesmo livro de capa amarela que vira pela última vez no hospital.

Fiquei paralisado por um tempo, que me pareceu uma vida, até que um sujeito de terno escuro, com uma pasta executiva, me empurrou para alcançar o bilheteiro.

Abri caminho entre as pessoas o mais depressa que pude e alcancei o ponto de encontro das amplas galerias. Parei no exato lugar onde ele havia erguido o braço. Olhei para todas as direções, estiquei o pescoço e esquadrinhei aquele mar de cabeças se movimentando agitadas.

Era primavera, o sol ainda ia alto, a luz do dia clara e o ar seco. Guardei os tíquetes no bolso e tratei de seguir em frente em direção ao hotel.

BONECA DE PANO

Ontem à tarde, subi em um coletivo que ia para o Centro. Encontrei um lugar ao lado da saída e colei o rosto na janela. Inverno, um dia cinza, uma brisa gelada e nuvens carregadas trazidas por outra frente fria. O ônibus estava em um dos terminais, aguardando o embarque da fila de passageiros para seguir viagem. Eu examinava as pessoas que se preparavam para subir. Reparei nas roupas que usavam. Embora estivesse bastante frio, não trajavam nada pesado. Eu não gostava daquele clima, usava luvas, manta enrolada no pescoço e meias grossas de lã; quase tudo que pudesse me proteger da sensação de estar em um freezer.

Eu havia terminado um caso difícil com uma fulana que me deixara um tanto arrasado. Por isso, andava fugindo das mulheres, sem disposição para os tradicionais joguinhos de sedução, e, em troca, consumia meu tempo escrevendo depois do trabalho, percorrendo os bares de sempre ou tentando dormir.

Essa fase não duraria muito; tinha experiência no assunto. Já havia enfrentado situações semelhantes e, além de tudo, não conseguia me manter longe de outra encrenca.

Eu ficava imaginando se era uma questão de sorte ou se o problema era comigo e, por isso, com alguma frequência, me sentia o último dos caras. Aquilo era como andar em círculos, pois sempre voltava para o mesmo lugar pensando em encontrar alguém que achasse legal.

Resolvi concentrar a minha atenção na rua e vi uma loira de preto pronta para subir no ônibus. Ela destoava do quadro cinza, era diferente das outras pessoas, vestida com um casaco grosso de veludo, com o cabelo descendo até a metade das costas. Não sei por quê, fui atingido logo que a vi.

Assim que M. terminou comigo – não vale a pena dizer o nome dela –, fiquei em casa tratando de recuperar a minha combalida autoestima e, quando voltei aos bares, levado pelos amigos, as mulheres continuavam lá, como se nada tivesse acontecido e, é claro, não perderam a oportunidade. Segundo dizem algumas, o mercado de homens anda desequilibrado: pouca oferta, muita procura. Às vezes, aparece uma espreitando – elas caçam a gente, por mais indiferente que se queira ser.

Pois estava no Gangs, e a música fazia inaudível a conversa que chegava aos meus ouvidos. De repente, o som parou e escutei uma pessoa ali perto falando qualquer coisa, e perceberam que eu tinha sacado que era comigo. "Olha o cara. A M. terminou com o Morales. Não é, bonitão?".

Tomei um gole da cerveja, pousei o copo no balcão e balancei a cabeça concordando. Eles, é lógico, caíram na risada. Isso me convenceu de que era hora de ir e, quando virei, topei com uma delas bem perto de mim. "Oi, Morales", começou, "tu não deixa esse pessoal ficar tirando uma onda contigo". "Tudo bem, não tô nem aí", eu disse a fim de encerrar o papo. "É, só que tu anda bem tristinho", ela insistiu. "Pode ser, tem que ser assim mesmo, deixa pra lá. Eu acho que já vou". E ela não se deu por vencida e tentou: "Espera um pouco, não quer tomar uma cerveja comigo?".

E foi assim que aconteceu. Eu não queria nada com ninguém e nenhuma mulher naquela noite ia me convencer a ficar; então, me mandei, quase correndo e, ao mesmo tempo, veio a sensação de que podia estar jogando fora uma boa oportunidade que muito cara desejava e não conseguia.

Olhei para calçada e, de novo, vi a loira na fila do ônibus. Fiquei imaginando que ela poderia sentar-se ao meu lado, olhar para mim, me achar interessante e, igual à perua do bar, ou, melhor, como a Dama do Lotação, me convidar para sair.

Uma mulher rechonchuda quis sentar no meu banco. Piscou e pediu licença. Abri as pernas deixando um espaço pequeno. A mulher resmungou e foi se acomodar no outro lado do ônibus. Virei a cabeça, grudei meu nariz no vidro e minha visão periférica detectou a loira. Ela já estava no corredor e vinha vindo, escolhendo um lugar. Considerou ficar logo após a roleta ou mais adiante com uma senhora, mas continuou e sentou ao meu lado. Apurei o olfato e senti um perfume muito bom. Descolei da janela, olhei para frente como pretexto para vasculhar o corpo. As pernas pareciam firmes, comprimidas pelo tecido da calça, e torneadas. As mãos delicadas com unhas do tipo francesinha, cheias de figurinhas com pequenas flores coladas sobre o esmalte.

Ela sabia que era observada e manteve-se impassível. Podia tocá-la com a mão; resisti. Aos poucos, o corredor ficou lotado, e o ônibus começou a rodar. Tive a sensação de que todos ali olhavam para o nosso banco. Com o sacolejar, nossas pernas iam se encostando e a loira suavemente recolhia a sua, mantendo-se dentro do espaço que lhe era destinado. Eu calculava que em duas ou três quadras dali a frente ela relaxaria e a sua perna iria descansar na minha. Quem já andou de ônibus sabe como isso funciona.

Em minutos, meu joelho esquerdo e toda a coxa ficaram quentes como a perna dela, que já ia escorada na minha. Sonhava em perguntar onde desceria para acabar com o meu prazeroso martírio. Sim, eu estava gostando do calor humano temperado a feromônio e tinha certeza de que ia durar um quase nada. Fiquei imaginando mil formas de abordagem e nenhuma me pareceu agradável ou convincente. De qualquer modo, fui saboreando o momento e notei que o ônibus começava a esvaziar. Eu continuava fingindo que prestava atenção na rua, mas ia estudando a minha presa. Previa que a qualquer momento ela poderia descer e tudo se tornaria gelado outra vez. Queria olhá-la. Faltava-me coragem. E se ela perguntasse o que eu queria? Talvez pudesse dizer que queria pegá-la e arrancar a sua roupa. "Puta merda", pensei, "não dá mais pra aguentar". Decidi encará-la, ainda que pagasse caro.

Analisei o rosto, examinei seus olhos azuis, esquadrinhei a sua boca, os lábios estupidamente sensuais e coloridos com uma leve camada de batom. E o nariz, fino e delicado, perfeito em proporção ao conjunto.

Ela me ignorou como se eu fosse transparente. Sem avisar, recolheu a perna, levantou-se e apertou a campainha para descer no ponto seguinte.

Meu destino não era definido e, por isso, pensei em saltar atrás dela. Na minha cabeça, uma gangorra oscilava: sim, não, sim, não. E, na hora, decidi. Isso nunca havia acontecido comigo; uma atração tão fascinante.

Fomos caminhando sem pressa, com ela a uns metros na frente; andava com alguma graça enquanto, com cuidado, eu mantinha certa distância.

Ela entrara em uma rua transversal à avenida e ia para um prédio pequeno de dois andares, revestido com peças de cerâmica e janelas com venezianas marrons. Parou, remexeu na bolsa e retirou a chave. Ingressou no pequeno jardim dirigindo-se à porta principal do edifício. O portão de ferro ia se fechando bem devagar.

Agi rápido e impedi que batesse, pois seria o fim. A porta do prédio já começara o mesmo movimento e, sem fazer qualquer conjectura, executei ação idêntica e a segurei. Dali em diante, não tinha escolha, já que havia sido arrastado por uma tentação incompreensível.

A luz amarela do corredor e um cheiro de umidade quase me fizeram desistir. O prédio, mal conservado, caía aos pedaços e eu até podia ouvir a gente que morava ali. Pessoas conversavam, uma criança chorava, uma panela acabara de cair no chão.

Ouvi o som de chaves no andar de cima. Subi ligeiro pelo único acesso até o piso superior onde havia quatro portas. Uma delas estava encostada. Hesitei um instante; tateei a madeira na minha frente quando o corredor voltou a ficar escuro e deixei que um filete de claridade que vinha do interior do apartamento me atingisse.

Assim que os meus olhos se acostumaram com a luz que vinha lá de dentro, vi que a loira já tinha retirado as botas. Era um pouco mais baixa do que eu. Achei que fosse gritar ou sair correndo, mas ficou estática. Avancei rápido e saltei sobre ela como um gato. Ela ia me pagar. Não, ia pagar por M., por todas as outras e por todo o resto. Segurei-a pelo cabelo, grudei minha boca na dela antes que pudesse pedir socorro e com uma mão livre tentei trancar os braços. Ela resistiu, unhou o meu rosto e conseguiu me afastar. Eu gostei, só que precisava agir logo. Quando é que vai gritar, porra? Eu não pensava em outra coisa, mas a luta ia ser silenciosa. Voltei à carga e, para conquistá-la, apliquei-lhe uns tapas no rosto, pois julguei que fosse o que faltava. Afinal, ela estava no jogo, já que eu conseguira chegar até ali sem ameaças. Era óbvio que a loira sabia que tinha sido seguida e deixado a porta aberta para mim. Andamos aos tropeços, de um lado para o outro da sala, derrubamos cadeiras, até que consegui rasgar a sua roupa. Decidi que iria pegá-la de pé. Consegui encaixar e a nossa coreografia sexual durou por um bom tempo. No começo, ficou quieta e, na medida em que avançava, começou a emitir um sussurro, um lamento meio frouxo. De repente, um tremor espalhou-se por todo o seu corpo, de alto a baixo, depois vibrou mais uma vez. Percebi que havia desistido, parecia sem forças, então, busquei todo o vigor que possuía e enfiei e meti, mais, mais e mais, enquanto a mulher era sacudida como uma boneca de pano.

Pensei que eu fosse sofrer um infarto, tamanho o esforço. A maldita havia enroscado as pernas na minha cintura. Fui obrigado a aguentar todo o peso sozinho, retesando meus músculos das pernas e das costas. Uma posição dessas não é para qualquer casal, tem que haver uma certa simetria entre os parceiros. Meus bícepes estavam inchados e ardiam. A minha coluna parecia que ia arrebentar saindo pela nuca, mas não desisti até que, enfim, atingi o orgasmo e joguei-a para o chão, deixando que caísse meio mole, meio morta. Sentei numa poltrona da sala para me recuperar da ação violenta e comecei a pensar.

Ela continuava viva; enrodilhada no chão, de lado. Eu via o rosto. Do nariz escorria coriza misturada com sangue. A boca parecia um tanto inchada, e os olhos, agora de um azul cinzento, permaneciam abertos e lacrimejantes. Eu nem havia batido tão forte; ao menos, pensava assim.

E agora? O que seria? Alguém poderia ter me visto entrar, ter ouvido o barulho dos móveis, do corpo caindo. Talvez ligassem para a polícia. Precisava sair dali. Mas e ela?

Fui até a cozinha, vasculhei as gavetas e achei uma faca grande e bem afiada. Imaginei onde poderia cortar e, na hora, um flash piscou na minha mente. Eu vi litros e litros de sangue vermelho-escuro a tingir o chão para correr pelo assoalho manchando a sola dos meus sapatos. Entrei na área de serviço e encontrei uma pá, uma ferramenta de obra; objeto estranho em um apartamento de mulher. "Merda", pensei, "deve ter homem na parada". Voltei para a sala com aquele negócio na mão. Era bem pesada. Avaliei a possibilidade de liquidá-la com um único golpe, uma pazada fatal na cabeça. Levantei o instrumento bem alto para tomar impulso. A loira continuava encolhida, na mesma posição. Respirava e isso bastava. E se a pancada não fosse forte o bastante? Melhor se pudesse usar um machado, mas não saberia lidar com o sangue, com a sujeira toda que resultaria.

Desisti. Eu não era assassino, talvez estivesse confuso. Como é que tinha ido parar ali? Eu não era maluco, nunca havia feito algo parecido. Como pudera imaginar que me sairia bem de um negócio como esse? Conhecer uma mulher na rua, fazer tudo isso e voltar para casa como se tivesse tomado um cafezinho em um bar. Meu sobrenome era Morales e não Gutiérrez. Eu nunca poderia convidá-la para dançar um tango aqui em Porto Alegre, pois não sei dançar, sou duro como um halterofilista. Assim, fiquei sem saber o que fazer, até concluir que estava absolutamente fodido e que não ia matar ninguém.

Recolhi as minhas coisas, passei por ela e encontrei o molho de chaves em cima da mesa. Fui até a porta e a tranquei por dentro. Corri para a janela e calculei a altura. Dava para tentar escorregar pelo cano, saltar o gradil e voltar para o Centro.

Alcei a perna sobre o parapeito, com as chaves no bolso da calça, e, em minutos, já andava em frente ao prédio para refazer o caminho.

Olhei para o alto e vi. Meu Deus, não havia uma única nuvem. A noite acabara de chegar, o céu era claro e frio e havia uma lua cor de mel, um círculo dourado gigante tão próximo que, com um passo, estaria dentro dele, seguro e, ao mesmo tempo, perto de todos. Naquele instante, acreditei que ainda não tinha visto nada tão admirável, tão belo e comum. Baixei a cabeça com medo, sim, estava com muito medo, e me afastei depressa, em passos firmes, sem correr. Não sei o que poderia acontecer ali. Podia esperar até começar a chorar. Ou deixar de raciocinar com clareza e voltar ao apartamento, pois as chaves sacudiam no meu bolso.

TEMPORAL

Está escuro, o ar tem o cheiro da chuva e ao longe se ouve o eco dos trovões. O fim de tarde foi engolido pelas nuvens cinzas trazidas pelo vento que estala as janelas. Pelo vidro, Morales enxerga o reflexo dos móveis, da porta e da mulher que remexe o roupeiro e diz qualquer coisa.

Ele se senta na parte da cama que lhe pertence e apanha o jornal na mesa de cabeceira. Há tempos vem recebendo com atraso, mesmo depois das reclamações à central do assinante. Talvez seja a hora de cancelar. Ler no fim do dia é como ler a edição da véspera; as notícias são antigas.

Marta para o que está fazendo e diz que ele não a escuta, que é indiferente. Ele nega com a cabeça sem erguer os olhos e a mulher continua insistindo.

"Às vezes, eu acho que tu não gosta de mim."

"Ai, meu Deus, o que há agora?"

"Tu sabia que eu tô grávida?"

Morales observa uma fotografia em preto e branco. A legenda fala sobre a destruição provocada por um furacão com um nome feminino. Um negro de cabelos brancos olha para a casa semidestruída. Um enorme tronco repousa sobre o telhado partido ao meio. Dá para ver o interior da residência. Há papéis espalhados na grama misturados aos pedaços das telhas. A água da chuva escorre pela calçada, encharcando os sapatos do homem; ao longe, outras pessoas limpam um quintal. Morales pensa que aquele sujeito deve ter cuidado da árvore em vez de cortá-la perto da raiz.

"Marta Maria, eu avisei. Tu sabe que não quero. E agora? O que tu vai fazer?"

A pergunta não soa como novidade, mas as palavras de Morales ainda reverberam pelos cantos do quarto como os trovões do lado de fora.

Marta abraça as roupas sobre a cama e sai em direção ao banheiro. Ele ainda ouve os soluços e o choro, mas procura concentrar-se no jornal.

Como fazia antigamente, Morales puxa a cadeira para perto da janela. Naquela época, olhava a rua e a oficina instalada na parte de baixo da casa. O barulho do compressor, o cheiro de tinta e de graxa e os gritos dos empregados chegavam até o quarto.

Ele apura os sentidos e não lhe escapa o som das unhas na gaveta e o miado aflito, igual ao pranto de uma criança. Hesita entre ignorar ou soltar o filhote, como fez nas vezes anteriores.

Morales inclina-se um pouco e consegue ver o pai e um dos funcionários manobrando o pequeno guincho. As correntes, com elos fortes, envolvem o motor escurecido pela mistura de poeira, lubrificantes e combustível que lentamente é retirado da carroceria. Ele balança no ar e o óleo sangra, sujando o assoalho do pátio. O velho reclama com um dos mecânicos, o mais jovem entre eles, que retruca. O miado parece mais forte, mas o gato já não raspa a madeira com tanto vigor. Como o outro, vai enlouquecer até que consiga a liberdade. Alguém larga as ferramentas no chão e o som agudo do choque do metal contra o piso chega instantâneo. O pai está a empregar um esforço brutal para acomodar a peça sobre os enormes cavaletes. O ajudante maneja as alavancas do guindaste até que as correntes perdem a tensão. Os dois se olham, sorriem e trocam abraços e se dão tapas nas costas com as mãos imundas.

Morales fecha os olhos por uns instantes e pensa que toda a culpa é de Virgínia. Tinha sido ela quem apanhara o gato. O outro, presente do pai, foi deixado por Morales em um terreno baldio, preso dentro de uma lata grande.

Com a visão turva, revê Virgínia, que lhe entrega o bicho aprisionado, em sigilo, e manda que se livre dele. Morales usa a porta da cozinha, desce a escada dos fundos e anda até encontrar um lugar conveniente. No trajeto, se lembra da mãe, da sua ausência, da dor e da sua morte. "Ela saberia o que fazer", diz em voz baixa, enquanto sente os movimentos do animal, a fúria e o gemido odioso que vêm do interior do recipiente.

Morales tenta se fixar no movimento da rua, mas ouve os passos que chegam do corredor e percebe as batidas que vêm do cubo de seu peito. Mesmo que não queira, volta a cabeça para a porta do quarto e vê a irmã entrando com o corpo úmido. Virgínia detém-se um pouco na entrada. O cabelo enrolado, a mão na cintura nua e a outra no trinco. Os seios juvenis são redondos e têm um aspecto macio. Ela, sem tirar os olhos dele, puxa a toalha, que vai caindo, escorregando-lhe pelo pescoço, roçando-lhe a pele que está arrepiada. Virgínia então sorri e leva o indicador à boca, mesmo que o gesto seja desnecessário, já que não há ninguém na parte de cima da casa, e fecha a porta. Morales vira-se para a janela, tentando demonstrar indiferença, pensa na chuva que está chegando, porém seus dedos se retorcem dentro dos sapatos.

Agora, pode ouvir os primeiros pingos e, depois, a força do temporal que desaba sobre o vale todo. A água estoura na calçada, levantando pequenas gotas que, à luz dos postes de mercúrio, parecem insetos que se atiram no vidro. Ele pensa no desgosto e na vergonha quando a gravidez foi revelada; no silêncio da irmã e no medo que sentia.

Como os relâmpagos que iluminam o céu enegrecido pelas nuvens e pela noite, recorda a cena do pai e de Virgínia a discutir aos gritos, do esforço em conter o velho – ele e os funcionários da oficina –, dela a afastar-se pela calçada com uma sacola de roupas a tiracolo e o filho no braço.

Morales bafeja contra o vidro e ali se forma um círculo branquicento. Lembra ter lido na internet, em um site qualquer, que a alma podia ser vista pela respiração. Em um minuto, a marca no vidro vai sumindo até restar uma mancha clara arredondada e, no segundo seguinte, um ponto e, depois, a rua.

Ele se levanta da cadeira, não há mais nada para ver. O furacão atingiu os Estados Unidos em uma região próxima onde moram Virgínia, o filho e o marido. Há muito não se falam e a destruição poderia ser um bom motivo para Morales telefonar.

Mas ele apanha novamente o jornal e revê a fotografia da enchente. O homem negro de cabelos brancos continua olhando desolado para a sua casa semidestruída, os braços caídos junto ao corpo, os pés molhados e a árvore repousando sobre o telhado.

DONA CARMEM

Eu estava com quatorze e ainda não tinha comido ninguém. Não até o fim para considerar o negócio como válido. Ficava me lembrando disso sem parar, enquanto tentava ver o que havia por baixo da camisola da mãe do meu melhor amigo.

Mano, vou chamá-lo assim, pois não quero que saiba o que aconteceu, era o mais velho da turma. Dois anos a mais, naquela época, parecia uma grande diferença. Ele era um exemplo para mim, o mais experiente e o que sempre vinha com alguma novidade. Foi ele quem acendeu o meu primeiro cigarro e, também, o amigo que me deu uma força quando tomei meu primeiro porre. Era como se fosse o irmão que eu não tive.

Mano era adorado pelas nossas colegas de escola e, por essa razão, sempre aparecia com uma namorada e fazia questão de nos contar os detalhes. Como conseguiu ficar com a Márcia, como a sua prima beijava bem, como a Cris deixou que metesse a mão dentro da calcinha. Nós ouvíamos e sonhávamos fazer igual.

Enquanto olhava para a mãe dele, sentia um calor fora do normal e uma vontade doida de sair correndo dali que contrariavam tudo aquilo que achava que um homem de verdade faria. A primavera se aproximava do fim, tinha sido bem chuvosa e, segundo dizem os mais velhos, era prenúncio de um verão tórrido.

Eram quase três da tarde, havia saído mais cedo do colégio, pois o professor de matemática tinha faltado. Parece que o velho estava doente e não mandaram um substituto. Depois do intervalo, as aulas iriam prosseguir. Eu fui falar com o Mano, que estudava na mesma escola, mas não o encontrei. Resolvi matar os períodos restantes e passar na sua casa, ver o que acontecera.

Cheguei ao edifício, cumprimentei o porteiro e subi até o segundo andar. Toquei na campainha e alguém perguntou quem era.

"Sou eu, o Muque."

"Entra e fecha a porta."

Eu conhecia muito bem aquela voz. A mãe do meu melhor amigo, uma vendedora de seguros, que passava a maior parte do tempo na rua, estava em casa.

Larguei meus livros na poltrona da sala e ouvi o barulho de talheres na cozinha. Ela havia se mandado para lá.

"Dona Carmem, cadê o Mano, ele tá aí?", perguntei e fui entrando, crente que ela fosse dizer que sim e, por conta de uma gripe ou uma dor de garganta, tinha faltado ao colégio.

"Ah! Muque, querido. Não. O teu amigo foi falar com o merda do pai dele. Agora, inventou que quer trabalhar. Ter o dinheiro dele."

Na hora, notei que alguma coisa andava errada. Aquela mulher parecia tão estranha, com um timbre rouco e os olhos brilhantes e ariscos. Eu não era otário e entendi que a causa era o copo com gelo e limão mergulhados em um líquido vermelho que, era certo, saíra daquela garrafa em cima da mesa. O Mano e eu já havíamos dado umas bicadas ali às escondidas.

"Muque, senta aí, meu filho. Eu quero conversar um pouco". Ela se enrolou para falar. Colocou o olho fugaz em ação. Copo, meu rosto, pia da cozinha, o chão, meu rosto de novo, copo outra vez. Aquilo não era um bom sinal, era certo que ela estava bebendo há algum tempo e que tinha tomado mais do que podia.

"Dona Carmem, a senhora tá bem? Tá numa boa?"

Ela veio se chegando com um sorrisinho esquisito, colocou a mão no meu ombro e me fez sentar. Em seguida, se esticou para pegar um copo no armário e eu vi. A porta não era tão alta, mas o movimento e o traje escasso acompanharam o corpo, revelando boa parte da bunda. Era firme, tinha certeza. Aliás, a imagem que capturei na primeira oportunidade foram as coxas: lisinhas e bronzeadas. Como é que ela tinha aquelas pernas? Muita mulher mais nova do que ela não possuía aquele conjunto. A verdade é que Dona Carmem era gostosa pra cacete. Boazuda mesmo. Era o que a gente dizia. O Careca falava da diferença entre ser boa e gostosa. Boa era boa, provocante. Para dizer que alguma coisa era gostosa, era preciso ter provado, sentido o gosto. Para mim, era tudo a mesma coisa. De vez em quando, ela era homenageada com capricho. Olhava umas revistas de mulher pelada e umas de sacanagem que tinha escondidas em cima do meu armário e mandava ver, tentando recordar as coxas da Dona Carmem, o seu perfume lascivo. Sim, eu disse recordar, pois queria rever os detalhes e relembrar os sabores quase experimentados, as sensações que aguçaram curiosidades, embora acompanhadas do receio e da inexperiência, do gelar as mãos e do suar frio. Sabia que ela fazia parte do time das mulheres mais desejadas pela turma. Todos nós sabíamos. Eu me lembro dos peitos também. Eles não eram lá essas coisas, mas o resto estava bem conservado, tudo como deveria ser. O rosto era um pouco marcado, sim, mas o corpo compensava. Andava sempre bem arrumada, com roupas de marca e cabelos em perfeição. Ao menos, era assim que eu a enxergava. O Mano uma vez me contou que ela ficou grávida muito jovem, bem cedo, e que os pais moraram juntos por um tempo e, depois, não deu mais. Ele falava que não lembrava disso, pois era pequeno nessa época, mas a mãe sempre insistia que o Mano devia muito a ela e à sua criação e que não podia reclamar do que ela fazia.

Dona Carmem não era uma mulher sozinha. Sempre arrumava alguém. Volta e meia ficava "casada" e, por enquanto, um tal de João Pedro tinha se mudado para a casa deles. Um sujeito com uma barba rala, mais novo do que ela e que, segundo o Mano, gostava de cagar ordem.

"Muque, tu já tá um homenzinho, hein? Vou te dar uma coisa pra beber. Tu vai te sentir melhor."

"Mas, Dona Carmem..."

"Que é isso, garoto? Para com esse dona. Assim, pareço uma velha. Nós somos amigos, não somos? Vou botar um pouco mais de gelo, tá bem? Aí, fica mais suave."

Sacudi a cabeça assentindo, enquanto tentava enxergar melhor aquele triângulo escuro escondido sob o tecido fino. Era quase certo que não havia nada por baixo.

"Muque, sabe que até hoje não sei o teu nome? Vocês só usam apelidos."

"Ricardo Morales. Na escola, me chamam de Morales."

"Ricardo Morales, parece nome de cantor de bolero."

Confesso que estava meio apavorado. Os seios flácidos da Dona Carmem ficavam me olhando prontos para saírem pelo decote e serem sugados como imaginara algumas vezes. Eu não conseguia dizer nenhuma palavra e achava que poderia falar alguma coisa inteligente, mandar um papo de homem para ganhar de vez a coroa, tomar o controle da situação e mostrar quem mandava. Ao mesmo tempo, sentia medo ou um certo remorso, pois aquela mulher era mãe do meu melhor amigo. Um frio na barriga e um calor no pescoço confundiam os meus sentidos quando percebi que o meu pau ia estourar as minhas calças e temi que Dona Carmem percebesse.

"E o seu João, ele vai bem? A que horas ele chega?"

"Aquele cachorro? Ele não vem mais. Se foi. Homens... Depois de uma certa idade, são todos iguais, quando ganham o que querem, desaparecem. Mas não quero falar dele."

Ela cambaleou para frente, se apoiou na mesa e meu copo virou, derramando o drinque. Eu saltei para escapar, mas o líquido manchou minha calça, deixando gelada parte da perna.

"Putz, minha calça!"

"Nossa, Muque, o que aconteceu aí?"

"Droga, será que mancha? Como é que vou chegar em casa assim?"

Dona Carmem balançou o corpo de um lado para o outro, se equilibrou e veio na minha direção.

"A senhora está bem?"

"Calma, eu sabia que tu já era um homenzinho."

Segurei aquele corpo quente contra o meu e senti a sua mão me apertando. Eu podia tudo naquele momento. Faltavam dois meses para fazer quinze e desde os treze era graúdo, por isso meu apelido era Muque. Eu tinha a mesma altura que ela, mas achava que podia muito mais. No ato, pensei em arrastá-la para o quarto, enquanto ela lambia a minha orelha. Era preciso ter coragem, dizer o que queria.

"Hoje o Muque vai te arrebentar, coroa", disse com algum receio, sem saber se o que falava era copiado de algum filme pornográfico, classe Z, que havia conseguido tirar na locadora com a maior cara de pau. Ela riu, virou um pouco os olhos e falou que iria deixar que fosse até o fim.

Fomos cambaleantes até a cama do quarto com ela quase apagada. Joguei o seu corpo ali, como se fosse um saco de batatas. Ela grunhia, me olhava, tentava levantar a cabeça.

A camisola estava na altura do umbigo e pude observar os pelos aparados ralos em forma de triângulo. Eu nunca tinha visto uma xoxota tão de perto, ao alcance da minha mão e, na hora, fiquei perplexo ou, talvez, assombrado. Realmente, não sei definir muito bem o que senti. Na verdade, creio que tenha sido um misto, uma simbiose de sentimentos – será que isso existe? – que fizeram aparecer uma bola do nada no estômago, um aperto que veio subindo até a garganta. Claro que engoli em seco e mandei de volta, afinal, eu era um homem, macho pra caralho e não era possível deixar passar uma barbada dessas. Agora, contando assim, parece que nem foi comigo, mas só eu sei o que senti. Eu ali ajoelhado na beira da cama encarando aquele negócio esquisito. Juro que cheguei a pensar por que existia tanta confusão por conta de algo tão simples. O certo é que nas revistas e nos filmes parecia diferente, acho que não dava para ver direito. Ao vivo, assim, diante da realidade escancarada, achei exótica e, ao mesmo tempo, surpreendente com os seus montes, suas dobras e tom cor de rosa. Me aproximei e coloquei a cara bem perto. O tapetinho de pelos era marcado por alguns fios mais claros, uns pentelhos brancos. Reconheço que, por isso, tive um pouco de nojo da Dona Carmem. Ela era velha mesmo, a intimidade revelada denunciava que todo o esforço que ela fazia para parecer mais jovem era só ilusão. Observei mais um pouco e vi que o ângulo agudo ficava bem na entrada. Parecia um molusco, algo como um marisco morto na beira da praia, uma coisa estranha. Pensei em passar o dedo de leve para ver como era, ela não ia se mexer; estava fora de combate. Eu fiz um grande esforço para não sair correndo. Resisti como pude. Era uma chance que jamais iria ter de novo. Eu podia fazer o que quisesse, ninguém poderia me impedir de tirar meu pau para fora e enfiar bem no meio daquela xoxota. Ela abriu os olhos, tentou erguer a cabeça, resmungou e apagou de novo. Dona Carmem tinha pedido por isso, ela mesma havia dito; eu escutei muito bem enquanto controlava o pavor e a impaciência. Olhei para a porta do quarto e achei que devesse trancá-la. Meus ouvidos atentos captavam todos os sons que jamais escutara com tanta nitidez. Um rádio ligado por perto tocava uma música eletrônica, um cachorro latia não sei de onde, uma batida de porta, um barulho de chaves, alguém tocando o interfone do vizinho.

Fechei a porta do apartamento com meus livros embaixo do braço e, em um instante, dobrava a esquina sem rumo. Não iria para casa, nem voltaria para a escola. Minhas pernas queriam correr, meu rosto pedia vento e minha consciência indagava se eu tinha agido certo ou errado. Andei alguns metros e o enxerguei. Meu amigo vinha caminhado do outro lado da rua, distraído, pois não tinha me visto. Consegui me esconder atrás de um carro para decidir o que fazer. Impediria que ele fosse para casa, contaria o que aconteceu, mentiria a respeito ou simplesmente deixaria que ele continuasse?

Ele já ia perto da esquina quando ergui o braço para chamá-lo, mas não consegui pronunciar uma única palavra. Eram cinco da tarde, o calor estava um pouco forte para aquela época do ano. Aparentemente, não havia nada fora do lugar e talvez as previsões fossem confirmadas. Pelo jeito, a próxima estação iria ser bem quente.

ESTÁ TUDO BEM, QUERIDO?

Sábado. Morales e Vitória há algum tempo não saíam para se divertir. Estavam presos a uma mesmice que se restringia ao emprego e ao retorno para casa. Clara contava com quase cinco anos e, durante o dia, ficava com a avó materna. Naquela noite, a menina tinha ido dormir com a mãe de Vitória, pois Morales decidira aceitar o convite de um colega para um jantar-baile no clube de oficiais do exército. Não era o tipo de festa que lhe agradava, mas pensou que poderia ser a quebra da rotina desejada por ambos em silêncio.

A mulher, depois da faculdade de pedagogia, obteve aprovação em um concurso público e passou a trabalhar em uma escola de ensino médio. Alimentou planos para prosseguir os estudos a fim de entrar no corpo docente da universidade. O projeto se desfez nos primeiros meses após o retorno à vida acadêmica; os motivos foram o ciúme e a gravidez. Por isso, por vezes, sentia-se como castigada. A estagnação em sua vida profissional e o casamento um tanto tedioso, ainda que o marido fosse um bom homem, aborreciam-na. Daí imaginou que o tal baile serviria como uma chance de diminuir a tensão cotidiana.

Morales presumia que ele e Vitória entendiam com perfeição um ao outro, ao menos no que é possível para um casal maduro se entender. Na visão dos amigos, era o modelo do casamento perfeito, as pessoas acreditavam naquilo e os dois, segundo ele pensava, gostavam de ser vistos assim. Além disso, Morales supunha que compreendia a si mesmo – o que podia fazer, até onde seria tolerado, o que lhe era proibido, quais as medidas que deveria tomar diante de determinados fatos; tudo por achar que conhecia muito bem as suas possibilidades e as suas limitações. Mais do que tudo, julgava gozar de elevado conceito na categoria de marido, cujo padrão conseguira ao longo dos anos, pois não se furtava de lavar a louça, acordar a mulher com um café na cama, presenteá-la de surpresa só para vê-la satisfeita.

Os dois diziam se considerar um casal pleno, exceto por uma única ponta de tristeza por conta da interrupção do mestrado de Vitória, que Morales reputava como algo menor, que deveria ficar no passado. Mesmo que não quisesse admitir, às vezes voltava a pensar no assunto, nos últimos tempos com maior frequência e intensidade crescente, acompanhada por imagens horríveis, obscenas e inimagináveis em que a mulher o traía com um colega de curso.

Entraram em casa perto da uma da manhã; cedo para quem pretendia se divertir como nunca, como dissera Vitória ao chegar ao salão de baile. Corpos cansados e cabelos com o cheiro da noite.

O anormal era a tensão calada que os envolvia sempre que ficavam juntos. Morales havia tomado algumas doses de uísque. Não apreciava as bebidas destiladas, mas, influenciado pelas companhias agradáveis, permitiu-se alguns excessos.

Sentaram-se na sala de estar. Vitória esparramou-se no sofá. Percebeu que o marido, com o passar dos anos, tornara-se um pouco mais introvertido. Recusara-se a dançar com ela, mas jantou e conversou com o amigo Sérgio e com dois militares e suas esposas com quem dividiram a mesa. Nada além disso. No fundo, Vitória se sentiu um tanto desprezada, pois ele não se importou que ela dançasse duas músicas com o Sérgio, cuja acompanhante exibia uma barriga de sete meses. O fato lhe trouxe alguma frustração, pois gostaria de ter desfrutado da festa junto com Morales. Além disso, subitamente, ele anunciara que queria ir embora.

Vitória estava distraída entre as recordações recentes quando uma pergunta lhe trouxe para o presente.

"Gostou da festa?"

"O que é que houve? De repente, tu resolveu ir embora?"

"Não foi nada. Cansaço, só isso."

"A comida estava quente e a bebida boa, não é?"

"Mais ou menos, mas a música... Desculpa, mas não deu pra dançar, faltava alguma coisa."

"E o Sérgio, coitado. Ele não dança nada."

Morales fez silêncio. Recuou, em segundos, cinco anos, uma prática cada dia mais comum e dolorida. Relembrava a época em que Vitória estudava; o curso noturno, as horas em casa aguardando o retorno da esposa, o dia em que olhou entre as persianas do apartamento e a viu saindo de um carro vermelho. "Carona de um colega", ela disse.

De olhos fechados, tentou recriar os fatos, reconstruir a história de outra forma, imaginando a si mesmo indo buscar a mulher na porta da faculdade, emprestando o carro e lhe dando dinheiro para que colocasse o automóvel em um estacionamento pago. "Toma, querida, não vai te atrasar... Ah, não, não pede carona pra esse cara... Ora, se não gosta de dirigir à noite, não tem problema, vou te buscar!"

Nesse momento, o relógio parecia paralisado. Morales poderia ficar uma hora remoendo e recriando imagens sem perceber. Ele sabia que aquilo não era bom nem saudável, porém não conseguia se livrar do exercício infernal, das sequências em reprise. Era verdade que nunca tivera a certeza inequívoca, definitiva e imutável do que ocorrera. Sabia que Vitória, de uma hora para a outra, havia desistido de prosseguir com os estudos. Sim, Morales reclamou das caronas. Mesmo que lhe fosse conveniente deixar de sair tarde para buscar Vitória, não podia concordar com aquilo. Um mal-estar havia se instalado naquele tempo. Morales não acreditava que um homem pudesse ser amigo de sua mulher. Ela era grande, como ele gostava. Seios firmes. Pernas rijas. Olhos castanhos. Cabelos longos e bem-cuidados. Sempre vaidosa com as roupas e com o corpo. Não estava enganado ao expor aqueles temores para Vitória. Essa era a sua convicção. É claro que jamais havia pretendido prejudicar a esposa em seus projetos, não a proibira de fazer o que quisesse, mas não admitia ser iludido.

O certo era que, no fim, ainda persistia a interrogação, a dúvida e a insegurança que andava surda entre os dois. Porém, sem qualquer aviso, em meio ao diálogo despretensioso durante o começo de madrugada, tudo aflorou como se aquela noite, perdida no passado, estivesse suspensa no tempo.

"Aquele teu colega... Ele dança bem?"

"Quem? O Fred? O do curso?"

"Tu ainda lembra?"

"Nem penso nele."

"Ele dança?"

"Como posso saber? Nunca dancei com ele."

"Mas tu saiu com ele!"

"Não... Olha, nós já conversamos sobre isso."

"Eu preciso... Por favor."

"O quê? Não aconteceu nada. Nada demais."

"Como nada? Ele tentou. Isso tu tem que admitir. Já faz tempo, eu sei. Mas somos adultos, pode falar".

"Não. Vamos deixar como está. Não há nada pra contar, querido."

"Vitória, meu bem, nós não precisamos de segredos. Eu nunca escondi nada, não é? Me conta, por favor. Nós nem vamos ver mais aquele cara."

A mulher ficou um instante em silêncio. Morales fixou o olhar nela, depois passeou pelo sofá, contou os quadradinhos no desenho do tapete e refez o caminho de volta. Quadradinhos, tapete, sofá, rosto da mulher.

"Bem, tá certo. Tu não vai ficar brabo? Já faz muito tempo..."

"Tudo bem, afinal, sou eu quem quer saber."

Morales procurava se manter calmo, mas, em seu íntimo, crescia um sentimento sufocado. As malditas imagens em velocidade surpreendente se reproduziam uma após a outra. Vitória sorrindo, o carro vermelho, Fred, o casal se beijando, Fred dirigindo com a mão sobre a perna da mulher, os dois rindo dele, Morales espreitando atrás da persiana, Clara de vestido amarelo correndo em uma praça.

"Ele me beijou... Nós nos beijamos... Só isso. Nada mais."

Ele permaneceu quieto por alguns momentos. Precisava digerir a notícia, processá-la, absorvê-la e controlar a luta entre o instinto de preservação da autoestima e o desejo de saber o que ocorreu.

"O que mais tu tem pra me contar?"

"Não aconteceu mais nada, já disse. Não fomos além disso. Só um beijo e nada mais."

"Só isso? Tu acha pouco então?"

"Calma, amor, nem penso mais nele. Não foi nada sério. Eu errei, eu sei."

Vitória reviu a noite em que retornou para casa de carona com o colega. Os olhos e o tom de voz de Morales eram os mesmos. Ela pressentiu que viveria a mesma cena e as mesmas indagações que agora ecoavam em sua cabeça. "Quem é aquele cara, Vitória? Onde vocês andaram? Sabes que horas são?". A repetição da antiga trama. Os punhos fechados do marido, o chute na cadeira da sala que voou contra a porta da rua, a voz quase inaudível.

"Meu Deus, o que mais aconteceu? Eu acho que sou um trouxa, isso sim."

"Não faz assim, Morales. Foi só um beijo."

"Pra mim, já é o suficiente... Tu não tem noção? Um beijo. Nem as putas beijam. Um beijo é mais íntimo do que uma trepada."

Vitória não sabia o que fazer. O tempo parecia desandar. Tudo aquilo deveria ter acabado havia muito tempo.

Ela procurou se apoiar na razão. Levantou do sofá, tentou abraçar Morales, demonstrar que tudo estava bem. Ela tocou os seus lábios nos dele, que ficaram imóveis.

Não havia mais controle; Morales não podia parar. O que antes era uma suspeita, uma microcerteza, tornava-se real. A mulher o traíra. A vergonha de ser um homem enganado tornava ridícula a história de casal feliz propagandeada entre os amigos. Talvez isso fosse até motivo de piada, talvez todos soubessem do caso. Ele ruminava em silêncio se agira certo. Reprovava a si mesmo por não ter interferido logo quando suspeitou. Deveria ter ido falar com ele, esperá-la na calçada, ameaçá-lo, se necessário. Mas não sabia até onde poderia ir. Ninguém desejaria estar em tal situação. Quem, nessas circunstâncias, saberia o que fazer? Logo Vitória, tão doce, tão bela e inteligente. Não queria acreditar.

Morales sentia como se tivesse levado uma bofetada. Com um empurrão, afastou Vitória.

"Ele colocou a língua na tua boca."

"Por favor, chega."

"Já imagino o que aconteceu depois..."

Morales apanhou as chaves e dirigiu-se à porta.

"Aonde tu vai?"

"Não interessa!"

Ele entrou no carro e rodou sem rumo. A bebida, o movimento, a dor de cabeça e a confirmação de Vitória o fizeram vomitar. Conseguiu estacionar e colocar a cabeça para fora. Agora, a realidade era material, definida. A suspeita soterrada, o esquecimento fingido pelo regular exercício de retirar da memória havia sido desvelado. O choque com a verdade; o tijolo atirado contra a vidraça.

Morales seguiu em frente, andou por vários lugares. Passou pela Farrapos e se viu entrando em uma das casas de shows da avenida. Pegaria uma qualquer para fazer a sua vulgar vingança. Desistiu, pois não teria como deletar a história daquele jeito. Terminou na Lima e Silva, uma mesinha de ferro na calçada.

Pediu uma cerveja, que permaneceu intacta até que a espuma quase sumisse e o líquido ficasse morno. O dia já ameaçava clarear quando Morales fez um sinal para o garçom. Num minuto, trouxe-lhe um copo com gelo, limão e uma bebida mais forte, que ele sorveu em pequenos goles para alcançar a coragem que sabia não possuir. Quem o olhasse à distância não teria ideia do que se passava.

Morales pediu a conta, largou duas notas sobre a mesa e levantou-se. Enquanto andava, quase tropeçou numa pessoa deitada sob uma marquise. A manhã nascia gelada e dois cachorros estavam encostados no homem coberto de jornais, entre sacos, entulho e garrafas de plástico. Poderia ficar ali, cair em qualquer canto. Quase desejou não ser mais lembrado, esquecer-se de quem era e de como estava a sua vida.

Ele precisava reunir forças para voltar para casa. Pensou na filha, Clara, que possuía as feições da mãe. Era linda e ficaria mais bonita quando crescesse. Aos domingos, gostava de apanhar o jornal e deitar-se com o pai. Pedia que Morales lesse o caderno de televisão, as tiras dos quadrinhos. A menina viera ao mundo depois daquela pequena tragédia conjugal. Ela, na certa, ignorava os fatos; tão pequena, tão inocente e sem culpa. Sim, alguém tinha de ser o culpado, alguém tinha que ser o responsável por aquilo.

Domingo. O sol já ia alto. Morales estacionou o carro e entrou no prédio. Abriu a porta com cuidado. O jornal havia sido colocado sob o tapete. Foi até o quarto e viu Vitória deitada de lado; parecia dormir. Ele desejava um banho, um pouco de privacidade e alguma coragem. Tirou a roupa e abriu o chuveiro, regulando para que ficasse bem quente. Os vapores e o calor aconchegante do jato d'água na nuca fizeram com que relaxasse por um momento, mas a imagem projetada ainda era a mesma: Vitória murmurando abraçada num outro homem sem rosto. "Mais! Mais! Mais!", ele ouvia mentalmente quando abriu os olhos e pensou como as coisas haviam saído dos trilhos; sabia que estava errado e que, de alguma forma, tinha falhado, que não compreendera a mulher. Talvez ele não tivesse agido corretamente e, talvez, fosse ele o culpado, mas agora não havia mais nada que pudesse modificar. De repente, ouviu a mulher do lado de fora.

"Morales, tudo bem?"

"Que é?"

"Tá tudo bem, querido?"

"Já vou."

Nenhuma outra palavra foi dita. Depois de secar o corpo, Morales saiu do banheiro, foi para o quarto e viu a mulher sob os lençóis. Rapidamente, se deitou para se encostar em Vitória. Ela se voltou para ele e com suavidade passou a mão em seu rosto tenso. Ele tentou resistir, manteve-se imóvel, contudo, não a afastou. Esperou quieto e ela, sem dizer uma palavra, acomodou-se sobre seu corpo.

Morales não pôde deixar de lembrar do outro, pensar

em como teria acontecido, naqueles encontros que povoavam a sua imaginação e, estranhamente, um desejo insano se instalou. Vitória deu-lhe um beijo ardente, cheio de paixão e piedade, enquanto comandava as ações e os quadris. Quando não pôde mais suportar, abraçou-a e quase juntos tiveram um orgasmo.

A esposa, em seguida, aninhou-se em seu ombro. Morales lentamente permitiu que os pensamentos fossem se apagando. Afrouxou os músculos doloridos até que adormeceu para sonhar que voava de braços abertos sobre a cidade. Ele via o movimento nas ruas, as luzes das casas, dos edifícios, enxergava os rostos conhecidos, as pessoas andando nas calçadas, e sabia que ninguém poderia vê-lo ou tocá-lo. Sentia-se leve.

DOIS REAIS

Mesmo o inverno tem seus dias de verão. E era num dia ensolarado de quase trinta graus que eu tinha resolvido limpar o meu carro; arrumar o porta-malas, recolher papéis, esvaziar cinzeiros.

Quando fui conferir o estepe, notei o macaco todo enferrujado. Não sei como a água infiltrou pela tampa traseira e molhou a peça. Montei o aparelho, coloquei a manivela na posição, como se fosse para levantar, e mandei força. O negócio não se mexeu. Fiz nova tentativa e o suor começou a escorrer pelas costas. Tirei a camisa, apoiei o dispositivo mecânico na grade que protegia a minha casa e, com muito esforço, percebi que começava a se movimentar.

Estava trabalhando fazia um bom tempo, distraído com as ferramentas, quando alguém se aproximou. Levantei os olhos e vi uma moça parada no meio da rua. Ela percebeu o meu interesse e ergueu as sobrancelhas.

"Putz", pensei, "vai me pedir alguma coisa". Ali, onde morava, não dava para ficar cinco minutos sem passar um pedinte. Crianças, velhos, mulheres, homens, todos querendo dinheiro, roupas, comida. Além disso, o traço comum era a expressão de sofrimento e a pobreza.

Quando ela se aproximou, não pude deixar de notar que fugia um pouco das características dos outros. Usava uma calça jeans quase nova, uma camiseta decotada com pouco uso, o rosto limpo, os cabelos longos presos. Poderia ser uma vizinha do bairro ou alguém à procura de uma informação.

Eu havia despachado três caras desde o início da limpeza, conhecia muito bem os tipos e não estava a fim de conversa. Larguei o macaco no chão, levantei o corpo e reparei nas pernas firmes que vinham em minha direção, o que, definitivamente, afastava a ideia de que estivesse mendigando.

"Boa tarde, tudo bem?", ela disse, logo que chegou perto. "Tudo", falei, tentando decifrar o que iria acontecer. Ela ganhou confiança e mandou a velha conversa. "O senhor não me conhece e eu não conheço o senhor. Não me leve a mal. É que moro na Restinga e tô com meu filho lá no Postão. Ele tá internado com problema no peito. A minha mãe tá com ele. Faz dois dias que não como nada. O senhor não poderia me dar uma ajuda? Qualquer trocado serve". Pronto, o discurso sofria ligeiras alterações. Na essência, igual aos outros; ajuda, dinheiro, comida, doença e eu, no fim, para dar a grana. Às vezes, eles pediam roupas; noutras, remédios ou copos d'água.

Naquele instante, fiquei sem ação. Ela não combinava com a fala. Havia qualquer coisa errada no cenário. Hesitei um pouco antes de lhe perguntar como se chamava. "Rita, Rita de Cássia, mas gosto de Maitê. Rita é o nome da minha avó, mãe do meu pai, e não me dou com a velha", falou, como se fosse uma metralhadora cuspindo projéteis. "E o seu, patrão?". "Morales, menina, mas não sei se posso te ajudar". "Qualquer trocado, seu Morales. Umas moedinhas o senhor tem que ter." "Que idade tu tem?", eu perguntei. "Dezenove. Faço vinte em dezembro", falou sorrindo. "E já tem nenê?", emendei. "Aconteceu, não teve outro jeito".

Nesse exato momento, o telefone tocou. "Morales?", falaram do outro lado. "É, sou eu", sacando quem era. "É o Will, preciso da tua opinião. Me ofenderam, eles vão ver".

O Will, na verdade, fora batizado Luís Cláudio, mas não gostava do nome. Igualzinho à menina, tinha resolvido mudar. Ele me disse que, aos oito ou nove anos, parecia o Will Robinson, do seriado *Perdidos no espaço*, e que o apelido vinha dali. Claro que isso era conversa fiada e invenção de um grande sem-vergonha que não via o mínimo problema em mamar a grana dos pais e que, ainda por cima, me devia quinhentos paus emprestados há mais de um ano.

"Olha aqui, Will. Não quero nem saber. Vê se não me torra. Tô ocupado", falei, enquanto me preparava para bater o telefone. "Peraí, Morales, me dá uma luz. Levei o pai pra assinar uma procuração pra mim e o cara do cartório disse que só com ordem de um juiz, me chamou de tudo". Ele berrou mais algumas coisas que eu fiz questão de não registrar e cortei dizendo que ia desligar. "Ok, Morales. Vou fazer melhor, vou dar uma passadinha aí, tá? Vou levar um vinhozinho pra tomar e aí conversamos" e, sem que eu pudesse dizer mais nada, desligou.

O calor estava ótimo, parecia um dia de verão. Olhei para o céu azul, não achei uma nuvem sequer. É, devia mesmo estar fazendo, sem brincadeira, uns trinta graus. As estações não são mais como antes, aliás, nada mais é.

Ela esperava imóvel a um metro de mim, separada pela cerca de ferro que divisava o meu terreno da calçada. Não faria mal algum se desse uns trocados. Se fosse verdade a sua história, faria o seu lanche e o assunto estaria resolvido. Se voltasse, diria que a fonte tinha secado e ponto final. "Tudo bem, menina. Vou lá dentro ver o que tenho".

Deixei tudo ali e fui ligeiro até o meu quarto. Não havia ninguém em casa e não precisava explicar o que ia fazer; tínhamos uma norma que era não dar nada para os pedintes. Quando se ajuda alguém na porta, ele sempre volta ou manda outro.

Peguei minha carteira e abri. O meu talão de cheques, os cartões e uns cupons de supermercado faziam um certo volume; dinheiro mesmo, só uma notinha azul. Vasculhei o bolsinho das moedas e achei uma medalhinha de um santo que nem sei o nome e mais nada. "Porra, vou ter que dar essa nota. Podia dar um pão com manteiga e frios, mas ela não tem cara de fome", falei para as paredes.

Retornei para a frente de casa com a esperança de que ela tivesse se mandado. Errei. Ela viu que carregava a grana na mão e a expressão foi de felicidade.

"Seguinte, Maitê. Só tenho isso aqui. Pega esse dinheiro e vê lá, hein? Tô acreditando em ti". Estiquei o braço entre as grades e ela pegou, dobrou em dois a nota e colocou no bolso da calça, sem deixar o sorriso desaparecer.

"Muito obrigada mesmo, seu Morales". "Esquece, menina. Deixa o *seu* pra lá, vai fazer o teu lanche". "Que Nossa Senhora abençoe o senhor e a sua família. Muito obrigada. Deus lhe pague". Ela não parava de agradecer e não arredava o pé. "Tá certo, não foi nada. Pode ir, não tem problema", eu falei.

"Ô, Morales, não vai dar pra ir aí", quase não acreditei, era ele, outra vez. "Menos mal, vê se não me liga mais". Só que não adiantava nada, pois o cara não parava. "Morales, fui falar com o doutor Saraiva, que mora no 302, sabe? Ele prometeu que vai estudar o caso. Beleza, não é?". "Sei lá", falei. "O quê?". "Agora não posso falar". "Vou te levar o vinho outra hora. O cara do cartório vai ver. Pô, eu sou o filho, cara. O pai tá ferrado, não tem como administrar a pensão". E continuou gritando do outro lado, mesmo que eu não demonstrasse nenhum interesse. "Então, é isso, aparece outra hora", disse para arrematar e desliguei na cara, ou melhor, no ouvido do Luís Cláudio.

Na hora em que ela devia ter ido embora, com o dinheiro no bolso, agradecida e liberada por mim, ficou quieta por um instante e, em seguida, disse devagar pronunciando com clareza cada palavra: "Morales, eu podia fazer qualquer coisa, mas qualquer coisa pra ti", e chegou bem perto da cerca e, ao mesmo tempo, tão longe quanto o céu do mar.

Numa fração de segundos, talvez num átimo, esquadrinhei a vizinhança e toda ela. A casa ao lado, as covinhas que acompanhavam o sorriso, o vizinho da frente, o pescoço fino, o fim da rua, as pernas compridas na calça justa, a guarita vazia do vigia que nunca estava lá.

As gotas de suor da minha testa desceram até alcançar os meus olhos. Limpei como pude com as costas da mão. Ela continuava ali, esperando. Tateei o bolso da calça de abrigo e lembrei que a chave do portão tinha ficado sobre a mesa da cozinha.

JARDIM DO ÉDEN

Roberta vivia na Pousada dos Pigatti. Ajudava a patroa na cozinha, arrumava os quartos e, na alta temporada, vez por outra, ficava na gerência. A dona dizia para Beta que ela estava perdendo tempo naquele fim de mundo, que deveria tentar algo fora dali, pois jamais vira uma menina tão linda e dedicada quanto ela. Beta sabia que era bondade da senhora Pigatti e que nem era tão jovem nem tão bonita. Mesmo assim, sentia-se bem, usava vestidos floreados ou calças jeans que marcavam o contorno do seu corpo.

Morales já havia notado que Beta dispensava um cuidado especial com os longos cabelos castanhos. Reconhecia que algo lhe agradava em Roberta, mas evitava pensar nisso e comentar com alguém.

Ele havia chegado ao litoral há mais de dois anos, logo após o falecimento de seu pai, que possuía uma pequena loja abastecida com um pouco de tudo: desde anzóis e linhas de pesca até artesanato e artigos religiosos.

Morales vivia no sobrado do comércio e costumava almoçar e jantar na pousada. Ele não era muito alto, tinha a pele levemente morena e, em seus cabelos, viam-se precoces fios brancos. Seu comportamento era de um comerciante incomum. Nunca abria cedo e, às vezes, simplesmente cerrava as portas de seu estabelecimento e ia pescar. Ninguém sabia bem de onde viera, pois o pai, segundo diziam, guardava um certo ressentimento em relação ao seu único filho. Alguns arriscavam que estivera no Uruguai, outros afirmavam que havia fugido de Rondônia por conta de uma disputa de terras ou do tráfico ilegal de madeira. Jamais saíra da boca de Morales qualquer informação a respeito de seu passado; ele limitava-se a sorrir e desconversar.

Roberta observava Morales. Achava interessante o modo como caminhava, a maneira como levava a sua vida, sempre aparentando um certo prazer no que fazia, como se nada parecesse difícil ou complicado. Muitas vezes, no fim da tarde, ela ficava na porta da cozinha esperando que ele fosse conversar com o patrão. Beta apreciava o mistério da origem de Morales, gostava de seu porte, dos olhos quase negros, da expressão serena estampada no rosto e também que não parecesse um morador local, dono de uma loja de bugigangas de uma minúscula cidade à beira-mar. Ele tinha estilo, era isso que ela achava.

Jardim do Éden era um pouco mais do que uma vila. O acesso era feito por uma estrada estadual mal conservada que ligava aquela praia às outras, todas muito parecidas. As ruas eram calçadas com pedras irregulares. A principal construção, de três pisos, abrigava a subprefeitura, a farmácia e um posto da polícia. Lá existia uma modesta igreja evangélica e não havia escola e muito menos hospital ou posto médico. Em caso de emergência, era preciso deslocar-se cerca de uma hora até o município mais desenvolvido da região. As casas espalhadas ao redor da avenida principal, em sua maioria, ficavam fechadas durante quase todo o ano, e a população triplicava no verão. A loja, a pousada, a praça e o armazém de um japonês, misto de minimercado, padaria e lanchonete, elevavam o povoado à categoria de pequena cidade.

Na primavera, a temperatura era agradável e o mar ficava livre das algas que tingiam as águas de marrom durante a época mais quente do ano. A espuma das ondas era mais branca no inverno e o vento diminuía bastante nos dias de sol. Beta gostava de andar descalça pela areia depois do almoço e perdia algum tempo contemplando o oceano. Vez por outra, via um navio ou um barco de pesca, bem distantes, em alto-mar. Eles moviam-se lentamente, como a vida no balneário. Na verdade, Beta não parava de pensar em Morales. E ele nem demonstrava qualquer atenção para com a moça. Durante as refeições, conversava com Marco Pigatti sobre futebol, as notícias na televisão e, às vezes, criticava o governo. Ela conseguia ouvir fragmentos do que falavam quando se aproximava para servir vinho, retirar os pratos, oferecer a sobremesa.

Um dia, o senhor Pigatti, Morales e Pepe Cardoso compraram iscas, pegaram os caniços e as carretilhas, abasteceram-se de bebidas destiladas e passaram seis dias na plataforma de pesca em Salinas, um balneário próximo.

Naqueles dias, não havia nada naquela vila que fosse interessante. O cinza da estação, as ruas mal calçadas, a falta de iluminação noturna pareciam acentuados. Durante todo o período em que Morales ficou fisgando seus peixes, ela não conseguia deixar de pensar nele. Sentia-se mal por desconfiar da raiz de seu sofrimento, mas, de alguma forma, admitia que isso era positivo; talvez fosse importante estar interessada em alguém.

Na manhã de domingo, levantou-se tarde, tinha ficado quase toda a noite com os olhos colados no teto do quarto. No fim do dia, os homens estacionaram a caminhonete do Pepe. Ao escutar o ronco do motor e depois as vozes, Beta sentiu uma euforia que quase não conseguia disfarçar. Queria ouvir as novidades e, ao menos, ver Morales e seus dentes brancos e regulares que surgiam sempre que sorria. Pepe e Marco entraram primeiro, e o outro veio logo atrás. Os três pareciam cansados, mas traziam uma expressão feliz. Pepe sentou-se e mostrou os dedos cheios de bolhas. Carla Pigatti beijou o marido, que a abraçou. Morales piscou para Roberta e sorriu. Beta não sabia exatamente o que aconteceria; ele havia retornado e a sequência normal dos acontecimentos parecia retomar a sua marcha. Ainda que nada indicasse, Beta sentia que Morales estava diferente, até sorrira para ela, e isso era algo concreto. Pepe Cardoso e Marco foram para a rua e trouxeram as caixas térmicas. Abriram a maior e mostraram o cação. O pequeno tubarão era um peixe de tamanho médio e cinza. A cabeça, separada do resto, deixava o peixe com um aspecto repugnante. "Não cabia inteiro na caixa", disse Morales. A senhora Pigatti quis saber quem havia fisgado o peixe.

"Ele lutou muito, mas eu ganhei", respondeu Morales.

Pepe Cardoso resolveu ficar na pousada. Disse que

já era tarde para ir até a sua casa, localizada na zona rural, distante dali cerca de meia hora. Marco sabia que o homem estava esgotado, concordou e disse que todos se acomodassem para jantar. Depois de comer, beberam uísque na sala de estar. Brindaram várias vezes; à saúde das mulheres, depois ao mar e à pesca, à vida e a eles mesmos.

Morales sentia-se muito bem. Não lembrava de nenhum problema, queria viver, continuar feliz. Andava tranquilo com sua loja, havia conquistado amigos e respeito no povoado e nos balneários próximos.

Carla, depois de auxiliar Beta, subiu para o quarto, e logo Marco despediu-se dos amigos e foi deitar-se também.

Pepe e Morales conversaram mais um pouco sem ligar para o horário. Beta resolveu ficar em pé na varanda, de frente para o mar, deixando que o vento forte da beira da praia golpeasse seu rosto. Não queria ir para o quarto. Tinha certeza de que Morales iria para casa e sentia vontade de vê-lo caminhando, como já fizera inúmeras vezes. Não conseguia concentrar-se em nada e enxergava mentalmente o rosto daquele homem, até que ouviu um pequeno estalido no chão atrás de si. Ainda que estivesse voltada para fora, percebeu a presença de Morales e manteve-se imóvel, quase congelada.

Ele ficou um tempo quieto. Sua respiração junto à nuca de Beta fazia o corpo dela tremer.

Dali, podia enxergar, com certa dificuldade, uma faixa branca que se renovava a cada onda que chegava à beira da praia. Dava para escutar a sua própria respiração e, assim, tentou controlá-la quando ele colocou os braços ao seu redor. Beta ficou confusa e bastante nervosa, não sabia se devia afastá-lo, mas vibrava; ele finalmente havia tomado a iniciativa.

Morales não disse nada. Apenas continuou abraçado e, depois de girar o corpo de Beta, beijou-a. Ela pensou que poderia rebentar. Queria gritar ou correr para expulsar aquela energia que era como uma dor, mas, ao contrário, manteve-se inerte, esperando até que não mais pudesse suportar, quando, de repente, um arrepio morno varreu seu corpo.

Ficaram juntos por um tempo até que ele, sem dizer nada, levou-a para fora. Morales e Beta caminharam abraçados e, às vezes, paravam. Quietos, olhavam-se e, depois, beijavam-se.

Não havia uma só estrela. A lua não conseguia iluminar a noite e as nuvens pesadas avançavam prometendo chuva para mais tarde. Apesar de ser inverno, Beta não sentia frio. Estava feliz, mas também tinha medo.

As ruas escuras do pequeno balneário ficavam desertas nessa época. Ouvia-se o coaxar das rãs e dos sapos entre a vegetação dos terrenos baldios. Andaram em silêncio até que chegaram ao sobrado de Morales. Sentaram-se no banco ao lado da porta de entrada da loja onde ele tomava chimarrão e fingia controlar o movimento. Ele passou o braço por trás e puxou-a para si. Deu um beijo demorado e carinhoso. Logo, uma das mãos passava astuta por dentro do vestido de Beta. Ela ficou petrificada, não sabia o que fazer nem até onde ele pretendia chegar e conservou-se calada, suportando o cheiro de suor e álcool que exalava de Morales. Ele ainda acariciou-lhe o seio enquanto Beta, cedendo ao desejo, se aconchegava entre seus braços.

Foi então que ela sentiu a mão em sua perna. Aos poucos, como se Beta não estivesse percebendo, a mão dele começou a subir.

"Não, Morales."

Ele não prestou atenção.

"Não, assim não."

Ele não a escutava mais.

O banco de madeira era largo, tosco e duro. Ele havia afastado o vestido escolhido com cuidado para recebê-lo em seu retorno. Ela estava muito assustada, mas queria, havia desejado um encontro, sabia que ele se aproximara e talvez fosse a sua única oportunidade.

"O que tu quer, Morales?"

Ele não disse nada, talvez sequer tivesse escutado a pergunta.

"Acho que não tá certo."

"Roberta...", ele murmurou.

"Aqui na rua, desse jeito. Ah, meu Deus, tu tá me machucando. Para, eu não quero mais."

Beta sentiu as costas doerem friccionadas contra o banco. Aquilo durou pouco tempo, mas para ela foi quase um suplício. Sua cabeça ainda bateu, de leve, repetidas vezes na parede da loja.

Ele não era um sujeito gordo, mas era grande, pesado e havia sido muito rude com ela. Beta conseguiu empurrá-lo; livrou-se dele, que ficou recostado no banco. Ela sentia-se muito mal, desnorteada, com frio. Olhou em torno e não viu ninguém.

"Quero ir embora", ela disse.

Ele já dormitava no banco. Beta deu-lhe alguns tapas

na face. Ele resmungou, tentou abrir os olhos, balbuciou alguma coisa e virou-se para a parede. Roberta não conseguiu se segurar por mais tempo e chorou. Sentou-se na ponta do banco e esperou até saber que era hora de ir.

Levantou-se, arrumou o vestido como pôde – Morales havia arrebentado alguns botões. Ia descer os degraus do alpendre, mas parou. Aproximou-se de Morales e perdeu uns instantes observando o seu rosto. Depois, encolheu-se sob o casaco para abrigar-se do vento nordeste e voltou para a pousada enquanto as primeiras gotas de chuva começavam a cair.

O RELÓGIO

Miriam procurou sozinha pelo apartamento, alugou e providenciou a mudança. Eu passei aqueles dias bebendo o resto do garrafão e fumando o que conseguia até queimar os dedos. De manhã, saía para procurar um emprego, ia ao Sine ver se arrumava uma vaga e, depois do almoço, que a Miriam deixava pronto, ficava assistindo à Sessão da Tarde na tevê.

O novo apartamento para mim era só um outro Cep. A minha situação não ia melhorar; já estava com quarenta e, nessa altura, ninguém queria um cara como eu.

Naquele dia, não fui procurar nada, fiquei em casa tirando as nossas coisas dos caixotes de papelão, montei uma estante na sala e coloquei a campainha. Sentei para descansar um pouco e alguém bateu na porta. Não fazia cinco minutos que tinha terminado de instalar o dispositivo. No trajeto, listei as pessoas que podiam estar do outro lado. O porteiro, o zelador, o cara da mudança ou a Miriam. Errei.

"Boa tarde, meu filho. Sou ali do 606. Vocês são novos aqui, não é?"

Observei a velhinha parada na minha frente. Cabelos brancos que desprendiam uma tonalidade quase violeta quando se movimentava. O xale preto cobrindo os ombros e as costas, o rosto todo pregueado, a camisa alva com a gola rendada e uma caixa de madeira escura toda envernizada aguçaram a minha curiosidade.

"Sim, senhora, chegamos ontem."

"Sejam bem-vindos, vocês vão gostar do prédio."

"Ah, sim, muito obrigado."

Fiquei meio sem saber o que fazer e a convidei para entrar.

"Não, senhor. Queria pedir um favor. Será que o senhor pode?"

"Claro, o que é?"

"É esta caixa aqui. É do meu filho e ele disse que vem buscar, mas vou ter que sair e..."

"Ok, entendi. Tudo bem, pode deixar que entrego. A que horas ele vem?"

"Mais tarde. Não vai ter problema."

"Então, tá."

"Muito obrigada, seu..."

"Morales."

A senhora despediu-se várias vezes, até que se foi. Antes de colocar a caixa em cima da mesa, senti o seu peso, sacudi um pouco e percebi que havia um objeto dentro. Fiquei louco de vontade de abri-la. A madeira era forte, escura e, na tampa, havia inscrições, desenhos que lembravam uma escrita antiga. Tentei ler e desisti. Os traços podiam ser tribais decorativos sem qualquer significado. Dei uma olhada na lingueta que prendia a tampa, um fecho bem frágil.

Se desse uma porrada com o martelo, ia abrir fácil. Relutei, não era certo. A velhinha era gente fina e o filho dela não ia gostar. Deixei na mesa e fui montar o roupeiro antes que Miriam voltasse e me acusasse, outra vez, de não fazer nada.

Lá pelas oito horas, ouvi a fechadura girando. Miriam chegou, como de hábito, cansada, cheia de cadernos de chamada, pastas e uma pequena pilha de papéis. O guarda-roupa estava quase terminado. Não tinha conseguido colocar as portas, mas as prateleiras ocupavam o seu lugar, bastava ajeitar as peças. Miriam largou tudo em cima da cama, me deu um beijo e pareceu desanimada.

"Quanta coisa pra gente arrumar, não deu pra ajeitar a louça?"

"Pô, fiz o que deu, sou só um, né?"

"O dia todo? Deixa isso aí, vem me ajudar."

Segui Miriam até a sala e desembrulhamos a louça. Em instantes, o piso ficou cheio de xícaras, pratos, copos e folhas de jornais amassadas. Sentei no chão para separar uns potes pequenos e Miriam achou a caixa.

"Amor, que caixa é essa?"

"Qual?", adivinhando pelo tom dela que não tinha gostado. Miriam pressentia os problemas, eu não.

"Esse troço aqui. De onde veio isso?"

"Ah! Uma vizinha pediu um favor."

"Que vizinha? Tu mal chegou e já tá aprontando?"

"Ô, meu bem. Uma velhinha aí do lado, parece que é do 606."

"O que ela pediu?"

"Tinha que sair. O filho vem buscar esse negócio. É só isso."

"Que horas?"

"De noite. Foi o que ela disse."

Miriam fez uma porção de perguntas que eu não sabia ou não tinha nenhum interesse em responder. A questão era simples. Quando o cara chegasse, bastava entregar a caixa. Concordei com Miriam que era um pequeno transtorno, já que não sabia nem o nome da velha, nem do filho, mas valia a pena praticar a surrada política da boa vizinhança.

Miriam sentou-se com o estojo no colo e ficou revirando o bloco de madeira. Comentou sobre os desenhos, sacudiu, mexeu na pequena fechadura e disse que tinha ficado curiosa.

"Sabe que também pensei em abrir? Só pra ver o que tem dentro."

"Vamos abrir?"

"Não, Miriam, acho que é errado."

"Depois fechamos, não vamos fazer nada demais, só olhar."

Argumentei que eles iam ver a fechadura violada, que estava surpreso com a curiosidade dela e que era melhor devolver a caixa para a vovó.

"A gente diz pro cara que já tava aberta, ele não vai reclamar."

Enquanto falava, Miriam forçou o pequeno ferrolho, que, sem demonstrar grande resistência, cedeu. Ouvi o seu grito de excitação.

"Olha isso!"

O interior era forrado de veludo bordô e acomodava no centro um relógio que parecia ser todo de ouro. Os ponteiros eram prateados e os números, cheios de minúsculas pedras brilhantes.

Peguei o relógio, examinei a tampa e só havia uma inscrição: 18k.

"Dezoito quilates, será?"

"Acho que é de ouro, Morales."

"E daí?"

"Será que funciona?"

"Tá parado. Vou dar corda."

Girei o dispositivo, mas não surtiu efeito. Agitei perto do ouvido e nada.

"É, tá estragado."

"Deixa ver."

Devolvi para Miriam e ela mexeu no relógio. Tentou dar corda, repetiu tudo que fiz, mas não conseguiu movimentar os ponteiros.

"Não se movem. Mas deve valer uma grana. É pesadão."

Disse que sim com a cabeça e falei para guardar. Miriam perguntou outra vez a que horas vinham buscar.

"Não sei."

"Olha aqui, se o cara não vier, vamos ficar com ele."

"Pirou. E a velha?"

"Alguém viu ela te entregar?"

"Tô te estranhando, Miriam."

Discutimos um pouco sobre a decisão de ficar com o relógio até que coloquei de volta dentro da caixa e resolvi bater na porta do 606. Apertei o botão da campainha e não saiu som algum. Bati com o nó dos dedos na porta uma porção de vezes. Nada. O estojo de madeira embaixo do braço era desproporcional ao tamanho do relógio.

Me senti meio ridículo ali. A velha não tinha voltado. Olhei o meu digital e vi que já eram onze da noite. Quando desisti, a vizinha do 604 abriu a porta. Cumprimentei com a cabeça e perguntei pela velha.

"O senhor tem certeza de que é do 606?"

"Claro, uma velhinha simpática."

"Não mora ninguém aí, senhor."

"Como assim?"

"Tá fechado há anos, parece que morreram num acidente."

Voltei contrariado e contei para a Miriam.

"Tu é um cabeça de vento, vai ver que era outro apartamento. Amanhã, vou dar um jeito nisso."

Passamos uma semana esperando para entregar a encomenda. Perguntei para o zelador e ele disse que não conhecia nenhuma velha como aquela, mas, há algum tempo, haviam visto uma estranha de xale andando pelos corredores.

"Parece assombração, seu Morales."

"Assombração nada. Falei com a velha. Se não aparecer, vou passar pra frente o relógio com caixa e tudo."

Miriam já tinha mandado avaliar o relógio, mas resistia à ideia de vendê-lo. Falava que nutria uma certa atração por ele, que se sentia bem quando o segurava. Eu dizia que era besteira e que podíamos esperar mais um pouco e, se ninguém viesse buscar a caixa, negociá-lo pelo melhor preço.

Numa daquelas tardes sonolentas, bateram na porta. Atendi e era um senhor do primeiro andar que conhecia de vista.

"Seu Morales?"
"É."
"Preciso falar uma coisa pro senhor."
"O que é?"
"O relógio. O senhor tá com ele?"
"Qual?"
"O da caixa. O zelador me disse."
"Devolvi."
"Não, não devolveu. Livre-se dele. Não vale a pena."
"Por quê?"
"Ele vai vir buscar e vai ser difícil livrar-se dele."
"O senhor tá louco, não tenho relógio nenhum."

O homem ficou insistindo até que o mandei embora e bati a porta. Quando Miriam chegou, contei a história. Ela disse que tínhamos que vender logo, pois o vizinho já estava sabendo do caso, que eu não devia ter aberto a boca para o zelador.

"Mas o cara não é dono do relógio."

"Amanhã, vamos vender."

Acordei e Miriam estava ao meu lado. Pensei que tivesse escutado um barulho e visto um vulto saindo do quarto. Levantei rápido e peguei o meu revólver na gaveta ao lado da cama. Andei com cautela até a sala e vi um cara, de roupa escura, andando sem fazer qualquer ruído. Mandei que parasse e ele continuou em direção à cozinha.

"Para ou atiro."

"O relógio", ouvi claramente o sussurro.

Eu estava com medo e não enxergava direito no escuro. Puxei o gatilho.

Pá, pá, pá.

Depois do clarão, veio o silêncio e senti o cheiro de pólvora. Miriam levantou assustada. Contei o que tinha visto, olhamos por tudo e não havia sinal de ninguém. A parede do apartamento tinha ficado marcada pelos tiros. Até agora, não sei como não acertei o sujeito.

VERDE-ABACATE, QUASE DESMAIADO

O teto é branco, assim como a metade da parede; do meio para baixo é de um verde-abacate, quase desmaiado. Ela inclina-se para colocar a peça de inox na mesa e ele pendura os olhos nas mãos da mulher. São pálidas e limpas; unhas sem esmaltes, dedos sem anéis. A funcionária ensaia um sorriso e anda em direção à cama. "Bom dia, seu Morales", diz sem variar o tom de voz. "Onde estou?", indaga o sujeito sem perder de vista os movimentos. "Calma, o senhor precisa descansar", responde enquanto despeja a água da jarra de plástico. Em seguida, vira-se com os comprimidos entre os dedos e um copo na outra mão. Ele faz força para se erguer e a questiona. "Como cheguei aqui?". Ela coloca o remédio na boca do homem, que bebe um pouco do líquido e engole como tem feito habitualmente. "O senhor ainda não lembra do acidente?". Ele está quieto, mas a atendente não para. "A capotagem, as pessoas no ponto de ônibus, as crianças pelo chão?". As marcas de expressão do rosto de Morales ficam mais evidentes, a pele está cheia de sulcos, uma ranhura profunda ressurge na testa e seus lábios tremem. "Não! Não lembro de nada". Ela está ao seu lado, voltada para a mesa, e distribui as pílulas nos recipientes. Morales consegue sentar e domina todo o quarto. Comprimidos, bandeja, parede, teto, parede outra vez, poltrona, sofá de dois lugares, guarda-roupas, o rosto da mulher. "É melhor o senhor deitar, seu Morales". Dois homens entram, cumprimentam a colega e perguntam se está tudo certo. Ela aponta com o queixo e diz: "Está um pouco agitado hoje". Ambos são jovens, fortes e estão de avental. "Precisa de ajuda?". Ela responde que está tudo sob controle. "Quero ir embora, eu estou bem", Morales fala para os dois. Eles cruzam olhares, riem e cochicham entre si. A auxiliar de enfermagem segura a bandeja de inox e inicia o trajeto em direção à saída. "Quando é que vou embora?". Ela repete que ele precisa descansar e que será transferido em breve. Ele acompanha os três, que se afastam; já não lhe dão qualquer atenção. A mulher conversa com um deles, enquanto o mais alto fica para trás. Morales vai dizer alguma coisa, mas o homem se volta, coloca o indicador sobre os lábios, dá uma risadinha silenciosa e sai. Morales puxa os lençóis, que estão limpos e possuem um nome gravado em letras desbotadas: Hospital Madre Admirável. A camisola amarrada no pescoço cobre-lhe somente a frente do corpo. Ele encolhe os joelhos, gira o tronco e escorrega da cama. Em um segundo, seus pés descalços estão em contato com o chão. O piso é revestido de uma lâmina que imita lajotas em preto e branco, como se estivesse caminhando sobre um tabuleiro de xadrez. Anda até as janelas, mas as persianas estão fechadas. Ele enrola em sua mão a corda e puxa firme.

A persiana não se move. Morales vai até a porta, gruda a face na madeira morta e ouve o silêncio. Sua mão aperta a maçaneta, que cede após a leve torção. Ele se inclina um pouco e coloca o rosto para fora. O corredor é largo e claro. O quarto da frente está fechado, ele pode ouvir vozes e o movimento ao longe. As luminárias fluorescentes são iguais às do lado de dentro, mas a claridade é maior por conta das amplas basculantes à direita. Ele volta o pescoço para o fim do corredor. Sai recalcitrante do quarto, pisando sem fazer qualquer ruído. O chão é todo branco e está tão encerado que funciona quase como um espelho. Ele anda em direção ao elevador e, a cada passo, luta para se equilibrar. A camisola teima em se abrir, mas Morales está ocupado em andar em linha reta. A mão está espalmada na parede de fundo cinza e lhe dá o norte em sua trajetória. Ele toca no botão, a luz vermelha da seta que aponta para baixo brilha e, num instante, Morales consegue entrar na cabine de madeira. Ele vira-se, puxa a cortina pantográfica externa, tateia os comandos e ali está a letra T. Aciona o dispositivo, as grades internas cerram a entrada e ele desce. O elevador dá um pequeno solavanco, para, e a porta interna se abre. Morales olha para a rua, começa a correr, cruza o saguão, empurra algumas pessoas e segue em direção à entrada principal. Ele ouve os gritos, vira-se sem diminuir a marcha e há um segurança fardado e três homens de branco em seu encalço. Continua a fuga e consegue chegar à calçada. Nem o vento nem a camisola esvoaçante lhe incomodam. Ele imprime mais velocidade, usando todas as forças. Uma mulher está saindo de um carro vermelho em frente ao hospital. Morales lhe toma as chaves no exato momento em que ela está em pé, ao lado do automóvel, pronta para trancá-lo. Com as mãos trêmulas, Morales gira o dispositivo de partida e ouve o motor. Os homens se aproximam, cercam o veículo e batem com as palmas das mãos nas janelas laterais. Morales, agora, é quem sorri. Ele engata a marcha e acelera. Chega à esquina, vira na primeira à esquerda e pisa fundo para se afastar mais ligeiro. Morales desvia para o painel interno. O modelo é antigo e bastante simples. Não há relógio, somente o velocímetro de fundo escuro e números verdes. Ele continua com uma das mãos no volante, mas sua visão está fora de foco. "Merda, malditos remédios", murmura, enquanto ouve o chiado do asfalto. Há um cruzamento à frente e, rápido, ele olha para os dois lados e não reduz a velocidade. Outra vez, retorna aos instrumentos e o ponteiro marca cento e vinte. Levanta o queixo, mas o grito dos pneus é abafado por um estrondo. Sua pele é atingida por incontáveis pedacinhos de vidro. O sangue lhe escorre pelo rosto. A rua está de ponta-cabeça e ele ainda ouve um gemido, mas, logo, não há qualquer ruído. Morales movimenta os dedos, umedece os lábios; custa um pouco a abrir os olhos. Ele levanta o corpo, apoia os cotovelos, firma o pescoço. O ambiente é claro e iluminado. O teto é branco, assim como a metade da parede; do meio para baixo, é de um verde-abacate, quase desmaiado.

O CAMINHO DOS BARCOS

Um caminhão havia levado uns móveis, a tevê e a máquina de lavar. Comentei, no almoço, que alguma coisa andava errada ali na frente, porém minha mulher balançou a cabeça e disse: "Como tu pode pensar isso? É inveja. Só pode".

Insisti com o negócio da mudança e Stella contou sobre a casa da praia. Eles tinham feito um investimento no litoral e estavam trocando os móveis. Tentei dizer que não vira nada novo chegar e não adiantou.

O caso é que eu nunca soube ao certo o que falavam. Podia ouvi-los, mas não conseguia entender o que diziam e tentava acompanhar a movimentação do outro lado da rua. Às vezes, quando perdia o sono, esticava a rede nas duas árvores do jardim e ficava ali até o amanhecer. A única coisa que podia fazer era deixar o tempo correr e observar.

Amanda e Renato chegaram há uns três ou quatro anos. Ela talvez fosse um pouco mais jovem do que o marido. Na verdade, não consegui definir quem era o mais velho, apesar da mania de tentar adivinhar a vida dos meus vizinhos.

O casal era dono de uma caminhonete Volkswagen arrebentada, tinha dois filhos e parecia feliz. De repente, eles haviam mobiliado o sobrado, comprado uma picape importada e de cabine dupla, jantavam fora com frequência, davam festas em casa e, invariavelmente, mantinham os narizes empinados. Nós quase nunca conversávamos e, lá de vez em quando, o cara se dignava a mandar-me um aceno ou um cumprimento entre os dentes.

Eu não sabia no que trabalhavam, o que lhes proporcionava tanto em tão pouco tempo, de onde vinha tudo aquilo. Achava que, de certa forma, eram melhores do que nós, que tinham uma vida mais completa e brilhante. O sobrado, os carros, o estilo, tudo me incomodava. Stella gostava de comparar: "Crédito, Morales. Eles têm crédito, essa é a diferença".

Sinceramente, sentia um certo desconforto, pois ganhava um parco auxílio-doença, esperava pela próxima perícia com medo que a tosse sumisse, enquanto a minha mulher trabalhava à noite em um hospital da rede pública.

No último fim de semana, antes do Natal, os filhos foram para a casa da mãe de Renato. Eu estava atrás da persiana, fumando um mentolado, e não queria que eles me vissem. Assisti às despedidas e à velha levando as crianças. O casal ficou um tempo na calçada olhando para a picape. Acho que discutiram um pouco e, pelo jeito, chegaram a um acordo. Creio ter ouvido que precisavam pegar um bom preço. Os filhos da puta iam trocar de carro; deduzi que iam para um zero quilômetro, embora não estivesse totalmente convencido, pois uma peça estava solta no quebra-cabeça.

Houve época em que a nossa casa era a melhor da rua, como o sobrado de Renato. Entretanto, aos poucos, tudo empalideceu – as paredes, o telhado, a grama –, foi envelhecendo, tornando-se comum, infeliz e feio.

Talvez estivesse confundindo os papéis, já que andava desapontado. A juventude e o vigor tinham se perdido pelo caminho. Às vezes, ficava imaginando como as pessoas me enxergavam. Examinava meu rosto, esticava os sulcos com os dedos, verificava as mãos, o meu pescoço, os olhos e pensava: "Não pode ser, não pode fazer tanto tempo assim". Só que estava errado e sabia que meus planos não haviam saído conforme imaginara. No começo, como todo mundo, pensávamos que a vida e o nosso otimismo eram uma fonte inesgotável, mas, aos poucos, a realidade foi demonstrando que nada resiste à marcha do relógio, nem a pele, os relacionamentos, os sonhos.

Meu relógio marcava quatro horas da tarde e, enquanto catava um montinho de cocô do cachorro da Stella, enxerguei o casal. Amanda parecia sempre vistosa, especialmente quando saía maquiada. Seus tornozelos eram finos e delicados, tinha um bocado de panturrilha e ótimas ancas e coxas. Usava um vestido decotado vermelho tão justo que dava a impressão de ter sido costurado em seu corpo. Eles conversaram um pouco, ela entrou no automóvel e desceu a rua sem pressa. Ele me viu do outro lado e, como de hábito, ignorou a minha presença e entrou no sobrado.

Naquela hora, tive um pressentimento e uma certa satisfação que não soube bem definir. Mesmo assim, tratei de afastar as bobagens que passavam pela minha cabeça; afinal, eles eram especiais.

Eu precisava travar o tempo. Poderia me ocupar da manutenção da minha casa, meu único e verdadeiro bem; as paredes encardidas, as dobradiças enferrujadas do portão, a cerca com pregos faltando e com tinta descascada.

Às cinco e quinze da manhã, pensei ter ouvido um barulho na rua, achei que fosse minha mulher chegando do trabalho. Ela, às vezes, vinha mais cedo, em outras, só quando o sol ia alto. Eu não dava a mínima, desde que não ficasse enchendo o saco. Fiquei atento, apurei o ouvido e perdi o sono outra vez. Depois de passar na cozinha e preparar uma xícara de café, fui sentar na varanda. Estiquei as pernas sobre a poltrona de palha na direção da casa deles e pude ver Amanda tentando entrar em casa. Ela se equilibrava com certa dificuldade; enquanto procurava a fechadura, se apoiou no marco da porta.

Minha vizinha não era a mesma, seu aspecto era desagradável. O cabelo, que me parecia sempre sedoso e escovado, estava bem desarrumado; no rosto, uma expressão de tédio ou tristeza. Procurei a picape e não a enxerguei; era quase certo que tinha ouvido o carro. Pensei em recolher as pernas para levantar, oferecer algum auxílio. Eu sabia o que estava acontecendo. Conhecia o caminho dos barcos, ninguém precisava me mostrar. Fiquei saboreando aquilo por um instante. Até pensei em chamá-la, me fingir de solidário, perguntar se precisava de ajuda, se estava passando mal. Por intuição, preferi ficar quieto, esperando que Amanda olhasse para mim, dissesse algo, o que, é claro, não aconteceu.

Sentia nos braços o ar fresco tão comum aos primeiros raios de sol, gostava da luminosidade do horário e das cores difusas na nossa rua. Resolvi molhar as plantas, mesmo que não fosse o mais indicado. Entrei na garagem, apanhei a mangueira e comecei pelo canteiro quando avistei o carro retornando com um sujeito grande na direção.

O cara deu dois toques na buzina e me cumprimentou com um meio-sorriso, inclinando a cabeça de um modo formal. Em seguida, na casa deles, alguém acendeu a luz da varanda e abriu a porta da frente.

Fixei-me na movimentação, controlando o que acontecia através do jato d'água, enquanto molhava a grama e o inço que crescia por ali. Sem disfarçar, ergui a cabeça e encarei-os tranquilamente.

Renato caminhou até o carro, abriu a porta do carona e disse alguma coisa. O som do motor não deixou que ouvisse o que falavam, mas o Gordo alcançou-lhe uma bolsa feminina. Antes de sair, escutei o motorista dizer, com clareza, que o carro era bom e que o cheque podia ser descontado logo.

Enquanto iniciava o trajeto de volta para casa, meu vizinho me procurou com o canto do olho, mantinha os ombros caídos, a cabeça baixa e já não parecia tão orgulhoso. Tinha certeza que sabia que eu o espreitava e, mesmo assim, assoviei, mas ele agiu como se estivesse sozinho na rua. Bateu a porta e apagou a luz da frente. Tentei ouvir se conversavam e não escutei nem uma palavra; apenas silêncio. Nem sei direito o que estava querendo. Era para me sentir melhor. Era isso que deveria estar sentindo. Mas o que eles faziam não me dizia respeito. Olhei para mim e para o canteiro na minha frente. Pensei em todo aquele mato crescendo no meu jardim, as folhas secas, o capim desordenado junto com o lixo; alguém precisava dar um jeito naquela maldita sujeira.

ACOSSADOS

Álvaro Gomez começa a esboçar um sorriso, simula uma alegria que não é sua, enquanto recolhe o cordame das velas latinas que panejam no mastro auxiliar. Seus braços, acostumados aos quinze meses de serviço e ao trabalho pesado nas terras do Novo Mundo, conhecem a rotina, por isso pode relembrar os detalhes da cidade, sem se preocupar com os afazeres náuticos. Ele imagina a expressão das pessoas quando chegar com os cabelos e a barba crescidos, a pele morena dos ombros e das pernas. Um sol sem calor das horas de véspera, diferente daquele do outro lado do oceano, ilumina o horizonte. Ele olha para cima e, sobre sua cabeça, paira uma imensa cruz templária.

A Santa Helena, caravela de panos triangulares que a tornava bastante rápida, havia permitido que o comandante contratado por comerciantes genoveses explorasse regiões onde o regime de ventos mostrava-se adverso para embarcações maiores. Álvaro se alistara para a sua primeira expedição na crença de se tratar do ímpeto de conquistar novos ares, de trazer riquezas e novidades. Ele sabia de outros que tinham viajado até as Índias e retornado com trezentos quilos de pimenta para revender e muitas histórias. Reconhecido como cavalheiro de boa linhagem, obteve uma vaga de capitão de tombadilho, embora nada entendesse de navegação e não tivesse o apoio da família e, especialmente, da noiva.

Uma vez embarcado, Álvaro não se conformara em ser mera figura decorativa, um passageiro sem função dentre os cinquenta e sete homens a bordo. Com o tempo, passara a ser visto como verdadeiro membro da tripulação, já que auxiliava desde o comandante, opinando sobre as melhores singraduras, até o imediato e seus grumetes, na parte braçal dos serviços; era uma forma de não pensar nos dias que faltavam para retornar.

O relógio marca quase uma da tarde quando ele abre a porta. Morales não sente o cheiro do almoço nem vê a louça suja do café na pia, somente o silêncio. Pensa em não demorar, pois tem muitos compromissos, não pode perder tempo com qualquer atraso. As crianças passam correndo, deixam os livros e as mochilas no sofá e sobem para os quartos. Logo vão estar atrás dele, perguntando sobre a comida. Depois de dar uma olhada em torno, resolve conversar com a vizinha. A chuva cai como um spray produzindo um véu úmido e frio que a envolve. Os cabelos brancos despenteados, as rugas profundas, o roupão puído com pequenas manchas marrons. Ele fica na ponta dos pés do seu lado do muro e vê que a mulher cavouca com uma pazinha. É tudo o que ela faz, além de colocar um pó branco para matar os insetos. Morales pergunta por Helena, mas ela parece não ter escutado.

Resmunga, joga um punhado de terra preta e continua de costas, remexendo nas plantas. Ele insiste, e a velha vira-se lentamente até que acha o seu rosto. Fica imóvel, sem dizer nada, por um tempo que lhe é suficiente para contar os sulcos em sua pele, reconhecer a solidão em suas olheiras arroxeadas. Então, indaga-lhe mais uma vez. "Entrou num táxi hoje cedo", ela diz.

Contrária à viagem, Antônia pretendia que o noivo seguisse o ofício do sogro, um antigo vinheiro e proprietário de considerável conjunto de bens. Desejava o matrimônio, os filhos e o acesso às futilidades irrisórias, de preferência, junto à Corte, onde entendia que Álvaro deveria investir o seu tempo e a sua disposição. Ele tinha certeza de que ela pensava que o conhecia, que poderia, com seus modos sutis, controlar as suas vontades e os seus desejos, porém nem mesmo ele sabia quem era e o que procurava. E, movido por sua insatisfação com os rumos que a vida lhe indicava, decidiu-se pela aventura, ignorando a noiva e a reprovação tácita de seu pai.

Um tanto confuso, Morales retorna pelo pátio repleto de folhas que avançam sobre o basalto do corredor. Promete para si que não falará nada, não reclamará e que estará preparado para qualquer coisa que Helena disser. Mentalmente, imagina que colocará o lixo para fora, fará os pequenos reparos, recolherá as roupas do varal, como ela sempre quis.

Após reunir-se com o comandante, os capitães das naus e o contabilista, Álvaro irá contratar dois carregadores para desembarcar os seus pertences e o que recebeu de remuneração. Falará com alguém do comércio para tratar da venda das especiarias que trouxe; discutirá preço e forma de pagamento. Depois de se acomodar em uma pousada, chegará o momento de recolocar o anel com o brasão e procurar a família. Somente, então, presume que estará pronto para ouvir as notícias sobre Antônia. Ele tentará lembrar-se do rosto dela; a boca, os olhos, as bochechas coradas e seu cheiro, mas na memória ainda trará o aroma dos perfumes dos últimos meses.

Morales senta-se na escada do alpendre para tentar entender. "Onde está Helena? Por que a mulher iria precisar de um táxi? Ela não teria saído sem avisar", reflete por uns instantes nas suas circunstâncias e observa a rua vazia.

A praia do Restelo é visível do castelo da proa e a embarcação, sob os apitos do contramestre, ziguezagueando contra as ondas altas e o vento forte, os levará em pouco tempo até o reencontro com a civilização.

Morales olha o calçamento irregular, suas pedras úmidas combinando com o céu cinza, e vê Helena fechando o portão atrás de si. Ela veste uma capa escura, talvez esteja usando alguma coisa para proteger a cabeça, carrega a sombrinha azul de armação cromada. O vento frio toca-lhe o rosto, mas o que o deixa preocupado é a imagem que não consegue construir. Há vinte anos que está junto dela, vendo-a todos os dias, todas as noites, mas, incrivelmente, não consegue rever os detalhes. Sim, ele lembra um pouco, mas o que é essencial lhe escapa.

Álvaro volta o rosto para bombordo e vê as duas naus que também fazem parte da flotilha. Observa os outros que correm para as amuradas para retribuir os panos brancos agitados da terra. Eles gritam e a movimentação no convés aumenta; a excitação dos homens é grande. Dezesseis não estão mais entre eles; os demais comemoram a volta àqueles céus. O comandante acaba de permitir que os canecões de vinho rodem com certa liberalidade, mas exige que não se descuidem do rumo e da entrada em direção ao rio. Álvaro luta contra seus impulsos e não vai até a mureta. Sem esforço, conclui que o Álvaro Gomez de outrora está morto; sabe que ninguém estará à sua espera e que assim será melhor. Um mal-estar incomum começa a surgir aos poucos e não lhe permite raciocinar com clareza, reconhecer a verdade e o que deve ser fruto de sua imaginação. Ele pensa no que faria dali para frente. Uma ligeira angústia atravessa a porta quando retorna para dentro. Ele não entende como pode ser tão difícil cuidar de uma casa. Arrumar as camas, fazer a comida ou deixar sempre à mão uma ou duas camisas. Caminha, acossado por uma vaga impressão, e vê as camas desarrumadas, a transbordante lixeira da cozinha e o cesto no banheiro cheio de roupas sujas.

Em menos de uma hora, a caravela balouça atracada, rangendo os seus cordames, enquanto se iniciam os trabalhos de estiva. Álvaro desce, com sua bagagem, acompanhado pelo frade Ataíde e dois serviçais. Pensa um pouco e relembra que, no início, ela dizia que o amaria para sempre, falava isso a toda hora, mesmo em situações inusitadas. Depois, de modo natural, deixou de prestar atenção. Ele não sabe se ela havia parado de falar aquilo ou se desistiu de perceber. Com uma pequena desconfiança, vai até o cofre, digita o código e ouve o apito. Examina as notas, os cheques e o resto. O secular anel ainda está ali;

ninguém tocara em nada. Até a bolsa continua jogada na poltrona do quarto. Esquadrinha cada canto à procura de algum vestígio. O guarda-roupa, o sofá, a cadeira de aproximação, a cama desfeita. Passa pelos filhos, que registram todas as reações e esperam por alguma notícia. Entra na cozinha com o suor escorrendo pelo meio de suas costas. Está frio, mas a camisa parece grudar em seu corpo.

Álvaro, ao pisar em terra, em meio à desordem do porto promovida pelos carregadores, tripulantes e toda a gente que circula por ali, enxerga Antônia. Ele que havia visto coisas inimagináveis, escapara do escorbuto, suportara o tédio das calmarias, vira o arvoredo denso e conhecera algumas índias, sente as pernas afrouxarem. Ela continua imóvel, aguardando.

Morales é um fósforo frio. Pela janela, vê a chuva branda que segue caindo. Há farelos de pão espalhados sobre a toalha, e as cadeiras em torno da mesa esperam fora do lugar. A ânsia, semelhante à experimentada na Barra do Tejo, a náusea dos marinheiros de primeira viagem, quando as embarcações são erguidas pela grande ondulação do mar, aumenta, e ele não consegue mais segurar o vômito, embaçando os olhos e os dias que ainda estavam no futuro.

O ANAGRAMA

Raymond Carver, segundo alguns, é o escritor mais imitado nos últimos tempos. Prefiro entender que possa ser um dos mais homenageados. Assim, também, deposito minha parcela de imitação-homenagem ao poeta norte-americano.

Você, leitor atento, indagará se algum dos textos mantém relações com Hemingway, Cortázar, Bioy Casares, Sabato... Sim, pode apostar, todos esses escritores serviram de ponto de influência e todos merecem o devido tributo. Por isso, pode ser que você me veja como um Barba Negra ou um Jack Sparrow da literatura, saqueador das escrituras, pilhando as palavras e ideias alheias. Trata-se do espectro de influência e pode ser lido quase como uma tentativa, às vezes vã, de fundir estilos em busca da escrita própria.

Este projeto tem a participação fundamental do mestre Charles Kiefer, obstinado professor, excelente escritor, generoso amigo e honesto crítico, o qual merece o mais sincero agradecimento.

Também devem ser lembrados pelos conselhos e trocas de experiências a professora Léa Masina, o destemido editor Rodrigo Rosp, os colegas de oficinas, a turma da pós-graduação em *literatura brasileira* da PUC/RS e os amigos. Destes últimos, cito três, sem desmerecer os demais. São eles: Marco De Curtis, Guilherme Santa Rosa e Renato Julio de Almeida.

Reservei as últimas linhas para a família: minha esposa Carla e os filhos Mariana, Bibiana, João Gabriel e Luiza que, muitas e muitas vezes, conviveram com a minha ausência em razão da dedicação que empreguei neste livro.

Assim, leitor, está a cargo de você manter, apagar ou inserir as aspas onde e quando achar apropriado, desconstruindo ou reorganizando o "anagrama".

Outras publicações da Dublinense

ROMANCE

Aventuras de Tomé Pires · *Norma Ramos*

Se eu olhar pra trás · *Ademir Furtado*

Desvãos · *Susana Vernieri*

O viajante imóvel · *Júlio Ricardo da Rosa*

CONTO

No inferno é sempre assim e outras histórias longe do céu · *Daniela Langer*

Daimon junto à porta · *Nelson Rego*

Delicadamente feio · *Ricardo Silveira*

O homem despedaçado · *Gustavo Melo Czekster*

Ciranda negra · *Eni Allgayer*

A vida é breve e passa ao lado · *Henrique Schneider*

Notas sobre o abismo · *Rosario Nascimento e Silva*

Em que coincidentemente se reincide · *Leila de Souza Teixeira*

Antes que os espelhos se tornem opacos · *Juarez Guedes Cruz*

CRÔNICA

Peregrina de araque · *Mariana Kalil*

Nas coxias do poder · *Ricardo Giuliani Neto*

Conheça também nossos ebooks.

Para consultar nosso catálogo completo e obter mais informações
sobre os títulos, acesse www.dublinense.com.br.

dublinense

Este livro foi composto em fontes Arno Pro e Mailart Rubberstamp
e impresso na gráfica Pallotti, em papel pólen bold 90g, em agosto de 2012.